流行花草

家庭养花实用图解系列

王巍 主编

PLANTS FOR TREND

湖南科学技术出版社

前言

PREFACE

在注重家庭绿化和身心愉悦的今天，用花草美化生活环境已成为一种时尚享受。各类花草从苗圃大棚走进了普通老百姓的家居庭院，并成为人们生活中不可或缺的一部分。许多花草艳丽多姿、形态优美，很适合作装饰之用，无论是用来放在家庭居室中，还是配置在办公楼、公园、休闲广场等场所，都能形成一道靓丽的风景，让人身心愉悦。此外，种植花草还能陶冶情操，放松身心，是减压宽心的有效手段。因此，学会种植护理花草可谓一举多得。

家庭养花实用图解系列丛书之《流行花草》是一本专门介绍当下流行、时尚的花草种植方面知识的书籍。全书从实用角度出发，介绍了花草的别名、实际应用、产地及习性、栽培管理、繁殖方法、病虫害防治等知识，详尽地介绍了多种流行花草的种植要点。全书图文并茂、明了直观，每个品种都配有精美的插图，适合家庭养护花木的花友参考，也适合学生、花卉爱好者学习及参考。

如花的生活，需要我们亲手去创造。

目录 CONTENTS

第一部分　流行花草的基本知识

流行花草的概念与趋势 ………… 3
流行花草养护之浇水细则 ……… 4
花盆小知识 ………………………… 5

第二部分　29种流行花草的养护要点

矮牵牛花 …………………………… 7
金盏菊 ……………………………… 10
大花马齿苋 ………………………… 13
扶桑花 ……………………………… 16
菊花 ………………………………… 19
万寿菊 ……………………………… 22
蓝眼菊 ……………………………… 25
鸡冠花 ……………………………… 28
孔雀草 ……………………………… 31
四季海棠 …………………………… 34
勋章花 ……………………………… 37
天竺葵 ……………………………… 40
贴梗海棠 …………………………… 43
西番莲 ……………………………… 46
一串红 ……………………………… 49
马蹄莲 ……………………………… 52
飘香藤 ……………………………… 55
鸳鸯茉莉 …………………………… 58
紫叶酢浆草 ………………………… 61
大叶落地生根 ……………………… 64
虎耳草 ……………………………… 67
小叶罗汉松 ………………………… 70
迷迭香 ……………………………… 73
碰碰香 ……………………………… 76
枪刀药 ……………………………… 79
薰衣草 ……………………………… 82
一品红 ……………………………… 85
银叶菊 ……………………………… 88
石莲花 ……………………………… 91

第一部分

流行花草的基本知识

流行花草的概念与趋势

一、什么是“流行花草”

顾名思义，“流行花草”是指受到当前社会绝大多数人关注、了解并喜爱的一些花草。它们的共同特点是：易活、易养、耐看、价格低廉。如：开运竹、粉菠萝、仙人掌、金边竹、西红柿等，这类花草既适合办公室人群种植，也适合在家居、酒店、休闲会所、会议室等场所摆放。

二、花草的流行趋势

花形互变型：即改变传统的花形，使大的变小、小的变大，给人耳目一新的感觉。如用木瓜嫁接的海棠花，直径可达5~12厘米，比普通品种的海棠花大一倍多，而袖珍盆栽碗莲的直径要比池栽碗莲的直径小一半。

一花多色型：即花卉由一种颜色或两种颜色变为多种颜色。如荷花本来只有白色和粉红色两种颜色，而现在却有红色、桃红、紫红、浅黄、橙色等多种颜色。又如槐树，普通品种的花为白色，现在则有了黄色和红色等香花槐树新品种。

造型盆景型：即各种工艺造型的花卉盆景，可分为一个品种的花木盆景或多个品种的组合盆景。如灵芝盆景、银杏盆景、石榴盆景、枣树盆景、桃树盆景、苹果树盆景等多种造型盆景花卉。

地栽变盆栽型：即由室外地栽花卉向室内微型盆栽观赏花卉发展。把一些以前只在池塘、花园、果园等室外露地栽培的较大型花卉变成能在庭院、阳台、街道、办公室栽培的较小型花卉。此类花卉有微型盆栽月季、盆栽荷花、盆栽桃花等花卉品种。

四季常青型：即一年四季绿叶常青的树种，此类树种有冬青、松柏、四季杨等。

速生用材型：即生长迅速，长大后主要用于加工的树种，如速生杨、速生柳槐、速生型扁桃树等。

净化绿化型：即具有显著的杀菌、消毒、绿化环境功能的树种，此类树种有石榴、中林杨系列等。

观赏美化型：即枝、叶异于普通品种的树种，具有较高的观赏、美化价值，如金叶国槐、金枝国槐、金丝垂柳、金枝垂柳、红柳、观赏花桃等。

经济效益型：即除了美化、绿化功能外，还能在较短时间内形成较大规模的市场效应和经济效益的树种。如扁桃树，不仅具有很好的观赏价值和美化环境的作用，其果仁还富含人体所需的18种微量元素，具有极高的营养价值和药用价值。

流行花草养护之浇水细则

草本多浇，木本少浇

草本花卉根系浅，吸收水分能力差，体内需水量多，叶面蒸发快，故浇水应多而勤，夏天除每日浇水外，还应向叶面喷水。木本花卉根系入土深，分布面广，吸水力强，浇水量可适当少些，夏季一般隔日浇一次水即可。

叶大质软的多浇，叶小有蜡的少浇

叶片愈大，质地愈软，水分愈易蒸发，应多浇水。叶小有蜡质的花卉，叶面水分蒸发慢，可适量少浇，保持盆土不过干即可。

沙质土多浇，黏质土少浇

沙质土疏松，保水性差，宜适当多浇水。黏质土紧实，保水性好，透气性差，浇水不宜过多过勤。

天旱多浇，天阴少浇

天气干旱，土壤容易失水，浇水要多而勤，小盆每日浇水2次，大盆每日浇水1次。阴天空气湿度大，叶面及土面水分失量少，浇水量宜少些。

旺盛期多浇，休眠期少浇

花卉生长旺盛期需要大量的养分和水分，故应结合施肥多浇水、勤浇水。花卉休眠期时，生长趋于停滞状态，需水量很少，应严格控制浇水。

湿生花卉多浇，旱生花卉少浇

龟背竹、吉祥草、唐菖蒲、旱伞草等湿生花卉应多浇水。仙人掌类、玉莲花、南天竹、紫薇、剑麻等旱生花卉要少浇水。

天热多浇，天冷少浇

天气炎热的盛夏酷暑，叶面水分蒸发量大，盆土干燥快，浇水要及时，要浇透，有干热风时还应向地面和叶面洒水。在天气严寒、蒸发量少的隆冬时节，花卉生长极其缓慢，甚至停止生长，浇水量应少。

花盆小知识

人家说美食美器，其实漂亮的花草，配上漂亮的花盆也能加分。花盆有很多种，从材质上讲有素烧盆、紫沙盆、塑料盆、木盆等，各有各的特点，想要养好花，首先要选好、选对盆。

素烧盆：最朴素的花盆。素烧盆的盆壁有细微的孔隙，有利于土壤中的养分分解和排湿透气，是非常能帮助花草根部正常生长的。不足之处是质地粗糙，不够美观，用的年头长了，较易破碎，虽然外形属于下里巴人型，但是许多专业人士喜欢选择这种盆来种花，原因是性价比高。

紫沙盆：排水和透气性虽不及素烧盆，但也是比较理想的盆器。而且紫沙制作工艺历史悠久，很多精致古朴的上乘作品会为花卉增添很多韵味，紫沙盆也常用来种植兰花，盆花相衬，自成一景。

塑料盆：便宜轻便，色彩造型比较丰富，但也有透气性、排水性差的问题。可以用来栽培吊兰、垂盆草等对养护要求不是很高的植物。

木盆：现在市场上有很多木制的花盆、花器，木盆透气、排水性能较好，很适合栽种花草。这些木盆用材大多经过防腐处理，但使用年月略长后，要注意换盆时将盆做一次彻底的消毒、上漆，以免腐烂、生虫。

第二部分 29种 流行花草的养护要点

Ai qian niu hua 矮牵牛花

毽子花、矮喇叭、番薯花

茄科碧冬茄属

与你同心

实际应用 SHI JI YING YONG

矮牵牛花大色艳，花色丰富，为长势旺盛的装饰性花卉，而且还能做到周年繁殖上市，可以广泛用于花坛布置、花槽配置、景点摆设、窗台点缀、家庭装饰等。

产地及习性 CHAN DI JI XI XING

原产于南美洲阿根廷，现世界各地广泛栽培。

喜温暖和阳光充足的环境。不耐霜冻，怕雨涝。生长适温为13℃～18℃，冬季温度在4℃～10℃，如低于4℃，植株生长停止，夏季能耐35℃以上的高温。

栽培管理 ZAI PEI GUAN LI

矮牵牛为多年生草本植物，常用作一年生栽培，温室内四季均可播种。发芽适温20℃～25℃，当真叶3～4片时移栽，定植后摘心一次，早秋播种花期最长，花期4～10月。

幼苗长出5~6片真叶时可定植于10厘米的花盆中，苗高10厘米时进行摘心，在摘心后15天用0.25%～0.5%的B9喷洒叶面3～4次，用以控制其高度，促进分枝。

生长期中除在土壤中施用稀薄豆饼肥水外，再每隔半月施用0.3%磷酸二氢钾液肥喷洒叶面，以促使花芽分化多、旺盛、色艳。夏季酷暑多雨期，植株易倒伏，注意修剪整枝，摘除残花，达到花繁叶茂。

盆栽时，宜经常保持盆土湿润，施肥不宜过量，不然植株生长过旺而开花不多。生长发育期间约15～20天施一次腐熟的稀薄饼肥水即可。应注意适当修剪，控制植株高度，促使多开花。当矮牵牛长到一定高度时，用小竹竿作支柱支撑，以免倒伏。

繁殖方法 FAN ZHI FANG FA

通常用播种、扦插的方法进行繁殖。

播种繁殖：播种时间应根据用花的时间而定，如5月需花，应在1月温室或大棚内播种。10月用花，需在7月初播种。矮牵牛种子细小，每克种子约9000～10000粒，发芽适温为22℃～24℃，播后不需覆土，轻压一下即可，上盖地膜保湿。当子叶顶土时，揭去地膜。出苗后维持在9℃～13℃可使苗矮壮、充实。幼苗期移植宜早，并尽量避免土团松散，否则根系恢复慢。

病虫害防治 BING CHONG HAI FANG ZHI

矮牵牛常见的病害有：白霉病、叶斑病和病毒病。

1.白霉病：发病后及时摘除病叶，发病初期喷洒75%百菌清600～800倍液。

2.叶斑病：尽量避免碰伤叶片并注意防止风害、日灼及冻害，及时摘除病叶并烧毁，注意清除落叶，同时可喷洒50%代森铵1000倍液。

3.病毒病：间接的防治方法是喷杀虫剂防治蚜虫，喷洒40%氧化乐果1000倍液。在栽培作业中，接触过病株的工具和手都要进行消毒。

矮牵牛花花事问答

家里种的矮牵牛叶子发黄了，该怎么办?

矮牵牛叶子发黄的原因很多，看看你的是哪一种，以便对症下药。

1. 长久脱肥。长期没有施氮肥或未换盆换水，水中氮素等营养元素缺乏，导致枝叶瘦弱，叶薄而黄。需及时换入新的培养水，逐渐增施稀薄腐熟液肥或复合花肥。

2. 施肥过量。施肥过多就会出现新叶肥厚，且多凹凸不平，老叶干尖焦黄脱落，应立即停止施肥，增加换水量，使肥料流失掉，或立即倒盆，用水冲洗球根后再重新栽入盆内。

3. 炎热高温。若将花卉放在高温处让强光直晒，极易引起幼叶叶尖和叶缘枯焦，或叶黄脱落。需及时移至通风良好的阴凉处。

4. 蔽阴过度。若将花卉长期放在阴蔽处或光线不足的地方，就会导致枝叶发黄。

5. 水土偏碱。由于水中缺乏可被其吸收的可溶性铁等元素，叶片就会逐渐变黄。栽植时要选用酸性水土，生长期间经常浇矾肥水。

6. 密不通风。若施氮肥过多，枝叶长得过于茂盛，加上长期未修剪，致使内膛枝叶光线不足，容易引起叶片发黄脱落。应合理施肥并加强修剪，使之通风透光。

7. 空气干燥。室内空气过分干燥时，花卉往往会出现叶尖干枯或叶缘焦枯等现象。应注意采取喷水、套塑料薄膜罩等法增加空气湿度。

8. 温度不当。冬季室温过低，花卉受到寒害，因而导致叶片发黄，严重时枯黄而死。若室温过高，植株蒸腾作用过盛，根部水分养分供不应求，也会使叶片变黄。应请注意及时调整室温。

J 金盏菊

jin zhan ju

别名 金盏花、黄金盏、长生菊

科属 菊科金盏菊属

花语 惜别、离别之痛

实际应用 SHI JI YING YONG

金盏菊植株矮小、密集，花色有淡黄、橙红、黄等，鲜艳夺目，是早春园林中常见的草本花卉，适用于中心广场、花坛、花带布置，也可作为草坪的镶边花卉或盆栽观赏。

产地及习性 CHAN DI JI XI XING

金盏菊原产欧洲南部，现世界各地都有栽培。

喜阳光充足的环境，适应性较强，能耐-9℃低温，怕炎热天气。不择土壤，以疏松、肥沃、微酸性土壤最好。

栽培管理 ZAI PEI GUAN LI

幼苗3片真叶时移苗一次，待苗5～6片真叶时定植于10～12厘米盆。定植后7～10天，摘心促使分枝或用0.4%比久溶液喷洒叶面1～2次来控制植株高度。生长期每半月施肥一次。肥料充足，金盏菊开花多而大。相反，肥料不足，花朵明显变小退化。花期不留种，将凋谢花朵剪除，有利花枝萌发，多开花，延长观花期。留种要选择花大色艳、品种纯正的植株，应在晴天采种，防止脱落。

金盏菊的生长期间应保持土壤湿润，每15～30天施10倍水的腐熟尿液一次，施肥至2月底止。在金盏菊长至幼苗后期，叶片4～5片时，实行摘尖（即摘心）能够促使侧枝发育，增加开花数量，在第一茬花谢之后立即抹头，也能促发侧枝再度开花。

繁殖方法 FAN ZHI FANG FA

金盏菊主要用播种繁殖。常以秋播或早春温室播种，每克种子有100～125粒，发芽适温为20℃～22℃，盆播土壤需消毒，播后覆土3毫米，7～10天发芽。种子发芽率在80%～85%，种子发芽有效期为2～3年。土壤酸碱范围PH值为4.5～8.3。在园子里的种子可以自己发芽，所需土壤不必特别肥沃。

病虫害防治 BING CHONG HAI FANG ZHI

常发生枯萎病和霜霉病危害，可用65%代森锌可湿性粉剂500倍液喷洒防治。初夏气温升高时，金盏菊叶片常发现锈病危害，用50%萎锈灵可湿性粉剂2000倍液喷洒。早春花期易遭受红蜘蛛和蚜虫危害，可用40%氧化乐果乳油1000倍液喷杀。

如何调整金盏菊的花期?

金盏菊的开花期可以通过改变栽培措施加以调节，调节的措施主要有以下几种：

1. 早春正常开花之后，及时剪除残花梗，促使其重发新枝开花；加强水肥管理，到了9～10月可再次开花。

2. 8月下旬秋播盆内，降霜后移至8℃～10℃温度下培养，白天放室外背风向阳处，严寒时放在室内向阳窗台上。一周左右浇一次水，保持盆土湿润，每月施加一次复合液肥，这样到了隆冬季节即能不断开花。

3. 3月底或4月初直播于庭院，苗出齐后适当间苗或移植，给予合理的肥水条件，6月初即可开花。因金盏菊成花需要较长的低温阶段，故春播植株比秋播的生长弱，花朵小。

4. 8月下旬露地秋播，苗期适时控制浇水，培育壮苗。入冬后移栽到防寒向阳处越冬，气温降至0℃以下时，夜间加盖草帘防寒，白天除去草帘。翌年早春最低气温回升到零下7℃以上时，及时除去薄膜，夜间盖上草帘即可。此时适当浇水保持土壤的湿润性，同时，每隔15天左右追加一次稀薄饼肥水，这样到了五一节，金盏菊便可鲜花怒放。

金盏菊有哪些药用价值?

金盏菊性味淡平，花、叶有消炎、抗菌的作用。根能行气活血，花可凉血、止血。欧洲民间外用于皮肤、黏膜的各种炎症，也可以内服治疗各种炎症及溃疡。新鲜的花卉可以放在色拉里吃。

1. 胃寒痛：金盏菊鲜根50～100克，水或酒水煎服。

2. 疝气：金盏菊鲜根100～200克，酒或水煎服。

3. 肠风便血：金盏菊鲜花10朵，酌加冰糖，水煎服。

Da hua ma chi xian 大花马齿苋

别名 大花松叶牡丹

科属 马齿苋科马齿苋属

花语 光明热烈

实际应用 SHI JI YING YONG

大花马齿苋花色丰富，茎叶翠绿肥厚，适应性强，管理粗放，是优良的花坛、花境材料，适合作镶边或栽种于石阶旁、岩石园，也可盆栽观赏，或点缀窗台、居室、阳台，或作吊盆栽种，悬挂于廊下、窗前，绿叶之中开放着鲜艳的花朵，随风摇曳，非常美丽。

产地及习性 CHAN DI JI XI XING

原产南美洲的巴西。

喜温暖、干燥和阳光充足的环境。不耐寒，怕高温和多湿，耐干旱和瘠薄土壤。生长适温为13℃～18℃，冬季温度不低于10℃，夏季高温长势减弱，开花少。对水分比较敏感，土壤过湿，茎叶徒长，柔软，花朵稀疏；过于干旱，茎叶萎缩，茎结短，花朵小。对光照反应十分敏感，花朵在阳光下开放，阴天及早晚温度低时闭合。在阳光充足的情况下，开花时间长，花朵大，色彩鲜艳。土壤以肥沃、疏松和排水良好的沙质壤土为宜。

栽培管理 ZAI PEI GUAN LI

盆栽一般选用3～5枝生根插条或播种苗，栽后浇水不宜过多，保持稍湿润和半阴环境。生长期必须放阳光充足处，每半月施肥一次，可用卉友20-20-20通用肥。要防止土壤积水或空气湿度过大而引起烂茎现象。母株在北方必须放温室内越冬，在温暖、干燥条件下能结实。在高温多湿情况下，难于结实或能结实，但种子很少。

大花马齿苋喜温暖湿润、阳光充足的环境，耐干旱，怕积水，忌阴蔽，不耐寒。虽然对土壤要求不严，但在疏松肥沃、透气排水性良好的土壤中生长为佳。生长期给予充足的阳光，浇水掌

握“不干不浇，浇则浇透”的原则，每15天左右施一次以磷钾肥为主的稀薄液肥。栽培中要避免肥水过大，特别是不能施太多的氮肥，否则植株生长旺盛，而开花稀少。莳养中注意打头摘心，以促发侧枝，使株形丰满，并达到多开花的目的。北方地区冬季移入室内，10℃以上可安全越冬。

繁殖方法 FAN ZHI FANG FA

主要用播种和扦插繁殖，也可用种子繁殖。

播种繁殖：在5月播种为宜，种子细小，播后覆浅土或不覆土。发芽适温为21℃～24℃，7～10天发芽。如果播种土温在白天温度21℃、夜晚温度16℃的条件下，种子发芽更快。从播种至开花需70～80天。

大花马齿苋还能自播繁衍，在21℃条件下约10天发芽，在15℃～16℃温度中栽培，9周后就进入开花期。种子细小、播后可不覆土或浅覆土，将种子掩盖上即可。

扦插繁殖：生长期剪取健壮充实的枝条，长7～8厘米，插入沙床，插后12～14天可生根，25天后盆栽。

病虫害防治 BING CHONG HAI FANG ZHI

常发现白锈病危害叶片，生长过程中用等量式波尔多液喷洒预防，发病初期可用15%三唑酮可湿性粉剂500倍液喷洒防治。虫害有天蛾幼虫，用10%除虫精乳油2500倍液喷杀。

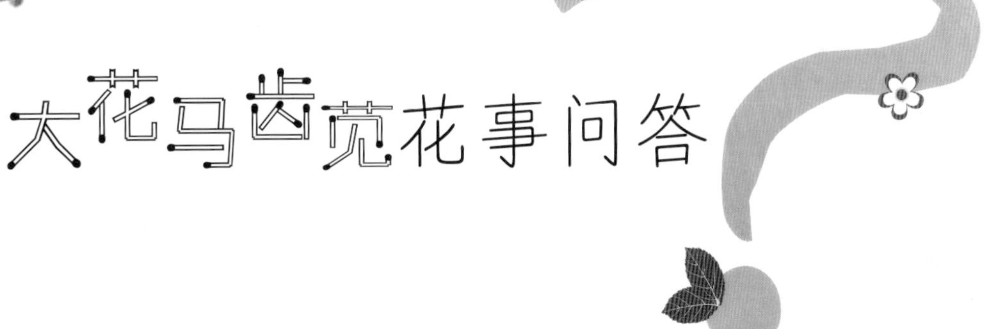

大花马齿苋花事问答

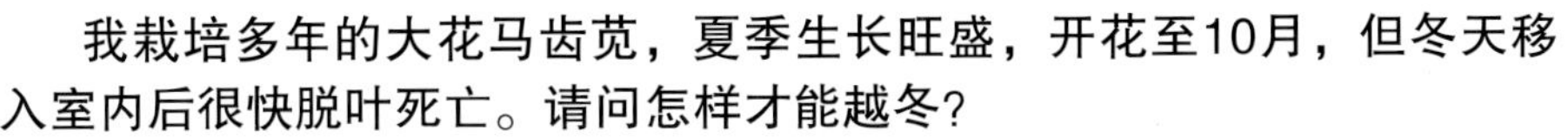

我栽培多年的大花马齿苋，夏季生长旺盛，开花至10月，但冬天移入室内后很快脱叶死亡。请问怎样才能越冬？

大花马齿苋，又称草杜鹃，属强阳性花卉，对光照极为敏感，光照不足不但不能开花，生长态势也极弱。越冬苗最好于8～9月剪取长势旺盛的先端嫩枝、长6～8厘米作插穗，扦插于旧盆土中，置阳光直曝场地，浇透水后保持盆土不过干，6～7天即可生根。恢复生长后，每10天左右追肥一次。当自然气温低于5℃时，移至室内光照充足处，减少浇水量（不干不浇），停止追肥，室温最低不低于6℃，虽然会有少量脱叶，但可安全越冬。翌春室外自然气温稳定于12℃以上时，移至室外光照充足场地，恢复生长后，即可利用生长枝分段大量扦插繁殖。

如何养护大花马齿苋？

大花马齿苋为马齿苋科马齿苋属匍匐性草本植物，株高45厘米左右，冠幅可达50厘米，肉质叶互生，长约3厘米，绿色。原始种花黄色，直径1厘米左右，经人工栽培选育后，出现了重瓣大花变种，其花朵直径可达5厘米，颜色有白、粉红、红、淡紫、橙黄等。

大花马齿苋喜温暖湿润、阳光充足的环境，耐干旱，怕积水，忌阴蔽，不耐寒。虽然对土壤要求不严，但在疏松肥沃、透气排水性良好的土壤中生长为佳。生长期给予充足的阳光，浇水掌握“不干不浇，浇则浇透”的原则，每15天左右施一次以磷钾肥为主的稀薄液肥。栽培中要避免肥水过大，特别是不能施太多的氮肥，否则植株生长旺盛，而开花稀少。莳养中注意打头摘心，以促发侧枝，使株形丰满，并达到多开花的目的。北方地区冬季移入室内，10℃以上可安全越冬。

扶桑花

Fu sang hua

别名 朱槿、大红花

科属 锦葵科木槿属

花语 朦胧的美

实际应用 SHI JI YING YONG

扶桑鲜艳夺目的花朵，朝开暮萎，姹紫嫣红，在南方多散植于池畔、亭前、道旁和墙边，盆栽扶桑适用于客厅和入口处摆设。扶桑花、叶、茎、根均可入药，主用根部。

产地及习性 CHAN DI JI XI XING

原产我国，分布于福建、广东、广西、云南、四川诸省区。性喜温暖、湿润气候，不耐寒冷，要求日照充分。在平均气温10℃以上地区生长良好。喜光，不耐阴，适生于有机物质丰富、pH值6.5～7.0的微酸性土壤。

栽培管理 ZAI PEI GUAN LI

扶桑抗性强，管理较粗放，不需要特殊管理。盆栽用土宜选用疏松、肥沃的沙质壤土，每年早春4月移出室外前，应进行换盆。换盆时要做三件事：一是换上新的培养土；二是剪去部分过密的卷曲的须根；三是施足基肥，盆底略加磷肥。为了保持树型优美，着花量多，根据扶桑发枝萌蘖能力强的特性，可于早春前后进行修剪整形，各枝除基部留2～3芽外，上部全部剪截，剪修可促使发新枝，长势将更旺盛，株形亦美观。修剪后，因地上部分消耗减少，要适当节制水肥。

繁殖方法 FAN ZHI FANG FA

常用扦插和嫁接的方法进行繁殖。扦插，除冬季以外均可进行，但以梅雨季节成活率高。插条以一年生半木质化的最好，长10厘米，留顶端叶片，切口要平，插于沙床，插后约3周生根。嫁接多用于扦插困难的重瓣花品种，枝接或芽接均可。

病虫害防治 BING CHONG HAI FANG ZHI

扶桑主要病虫害为蚜虫、介壳虫和煤烟病等。防治方法：虫害发生后，采用乐果1500～2000倍液喷洒。

扶桑花花事问答

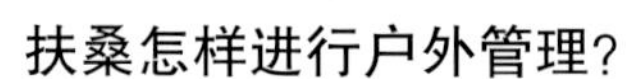

扶桑怎样进行户外管理？

扶桑是阳性树种，5月初要移到室外阳光充足处，此时也是扶桑的生长季节，要加强肥水、松土、拔草等管理工作。每隔7～10天施一次稀薄液肥，浇水应视盆土干湿情况而定，过干或过湿都会影响开花。秋后管理要谨慎，要注意后期少施肥，以免抽发秋梢。秋梢组织幼嫩，抗寒力弱，冷天会遭冻害。扶桑不耐霜冻，在霜降后至立冬前必须移入室内保暖。越冬温度要求不低于5℃，以免遭受冻害；不高于15℃，以免影响休眠。休眠不好翌年生长开花不旺。天气较冷时可盖纸或盖塑料薄膜保暖。初移室内每天白天要开窗通风，留意盆土干湿变化，适当浇水。

我买了一株扶桑，请问如何进行扦插繁殖？

扦插介质要求排水良好、疏松透气、清洁无菌，如沙壤土、蛭石、河沙等。事先要洗刷干净，垫好排水孔，铺入扦插介质。介质厚度为15厘米左右，介质以上宜留有相当深度，以便覆盖玻璃时不致压倒插穗。再用0.1%～0.3%的高锰酸钾溶液杀菌消毒，防止插穗感染腐烂。若用盆栽，也应参照上述要求进行处理。

插穗选择一年生健壮的半木质化枝条，长度10厘米左右，切口要平滑并靠近节的基部。切后将下段（插入部分）叶片剪除，上段最好有顶芽，上段留2片叶，叶片大的还需要剪去一半，以减少水分蒸发。选取插穗可结合修剪整枝进行。插穗必须注意随剪随插。

扦插时先用竹筷子（或粗铁丝）在沙面戳孔再插入插穗，勿搓伤插穗皮层。扦插间距为4厘米左右，入土深度为插穗的2/5，不可深于1/2，也不可浅于3厘米，插后用喷壶喷透水，使插穗与沙土密结。为了保湿保温提高成活率，插床上方要覆盖玻璃（或塑料薄膜），放在阳光直射处，光线过强时需遮阳。

Ju hua 菊花

别名 寿客

科属 菊科菊属

花语 清净高洁

实际应用 SHI JI YING YONG

菊花为园林应用中的重要花卉之一，广泛用于花坛、地被、盆花和切花等。有的供药用，具有清凉镇静的功效，还能治头痛、眩晕、血压亢进、神经性头痛及眼结膜炎等症。

产地及习性 CHAN DI JI XI XING

喜凉爽、较耐寒，生长适温为18℃～21℃。耐旱，最忌积涝。喜地势高、土层深厚、富含腐殖质、疏松肥沃、排水良好的土壤。在微酸性和微碱性土壤中皆能生长。

栽培管理 ZAI PEI GUAN LI

菊花有高秆矮秆之分，一般矮秆品种高矮度适宜，高秆品种必须用B9或矮壮素进行处理。如果认为矮秆品种仍有点高，可在生长点处用针穿过心，7～10天一次，这就不必用药物刺激矮化。肥按性质使用，一般前期可用一些氮肥，可促使苗长壮。6月之后的脚芽少用氮肥多用磷钾肥，防止徒长，比较理想的还是复合肥。出现花蕾前为了促使其形成大蕾，两星期一次用磷酸二

氢钾水喷叶面，进行根外追肥，出蕾之后不再根外追肥，但需继续施磷钾肥。花蕾长至小绿豆大时必须及时除掉多余花蕾，每枝头只留一个，以免多余花蕾消耗养料。

繁殖方法 FAN ZHI FANG FA

菊花可用扦插、分株、嫁接及组织培养等方法繁殖，这里介绍扦插繁殖。

扦插可分为芽插、嫩枝插、叶芽插。芽插，在秋冬切取植株脚芽进行扦插。选芽的标准是距植株较远，芽头丰满。除去下部叶片，按株距3～4厘米，行距4～5厘米，插于温室或大棚内的花盆或插床中，保持7℃～8℃室温，春暖后栽于室外。嫩枝插，此法应用最广，多于4～5月扦插，截取嫩枝8～10厘米作为插穗，在18℃～21℃的温度下，3周左右生根，约4周即可定植。介质以素沙为好，床上应遮阳，全光照喷雾插床无需遮阳。

病虫害防治 BING CHONG HAI FANG ZHI

菊花容易受白锈病困扰，较有效的预防杀菌剂有百菌清水和剂800倍液、氧化萎锈灵水和剂5000倍液、代森锰水和剂500倍液等。如果已经发病，可用1000倍液退菌特（苯菌灵）水和剂或者1000倍液的杀破隆乳液进行治疗。

菊花花事问答

如何让盆栽菊花花繁叶茂?

每一位菊花爱好者，都希望自己培育的菊花能花繁叶茂，要想达到这一目的，就必须做好菊花的换盆、浇水、施肥、摘心、疏蕾等工作。

换盆：菊苗扦插成活后，要择阴天上盆。盆土宜选用肥沃的沙质土壤，先小盆后大盆，经2～3次换盆，到7月份可定盆，定盆可选用6份腐叶土、3份沙土和1份饼肥渣配制成混合土壤植株。浇透水后放阴凉处，待植株生长正常后逐步移至向阳处养护。

浇水：要求做到适时、适量合理浇水。它的成败，直接关系到菊花的生长、开花的好坏。春季，菊苗幼小，浇水宜少，这样有利菊苗根系发育。夏季，菊苗长大，天气炎热，蒸发量大，浇水要充足，可在清晨浇一次，傍晚再补浇一次，并要用喷水壶向菊花枝叶及周围地面喷水，以增加环境湿度。立秋前，要适当控水、控肥，以防止植株窜高疯长。立秋后开花前，要加大浇水量并开始施肥，肥水逐渐加浓。冬季，花枝基本停止生长，植株水分消耗量明显减少，蒸发量也小，须严格控制浇水。

施肥：在菊花植株定植时，盆中要施足底肥。以后在植株生长过程中施追肥时，不要过早过量，一般可隔10天施一次淡肥。立秋后自菊花孕蕾到现蕾时，可每周施一次稍浓一些的肥水，含苞待放时，再施一次浓肥水后，即暂停施肥。如果此时能给菊花施一次过磷酸钙或0.1%磷酸二氢钾溶液，则花可开得更鲜艳一些。

摘心与疏蕾：当菊花植株长至10多厘米高时，即开始摘心。摘心时，只留植株基部4～5片叶，上部叶片全部摘除。待以后叶长出的新枝有5～6片叶时，再将心摘去，使植株保留4～7个主枝，以后长出的枝、芽要及时摘除。俗话说“菊不盈尺”，摘心能使植株发生分枝，有效控制植株高度和株形，使其长得矮而壮。最后一次摘心时，要对菊花植株进行定型修剪，去掉过多枝、过旺枝及过弱枝，保留3～5个枝即可。9月现蕾时，要摘去植株下端的花蕾，每个分枝上只留顶端一个花蕾。这样以后每盆菊可开4~7朵花，花朵就富观赏性。

Wan shou ju 万寿菊

别名 臭芙蓉、万寿灯

科属 菊科万寿菊属

花语 健康长寿

实际应用 SHI JI YING YONG

万寿菊适合作为庭院栽培观赏，或布置花坛、花境，也可用于切花。花、叶可入药，花还可作为食品添加剂的生产原料。万寿菊含有丰富的叶黄素，能够延缓老年人因黄斑退化而引起的视力退化和失明症，以及因机体衰老引发的心血管硬化、冠心病和肿瘤疾病。

产地及习性 CHAN DI JI XI XING

原产墨西哥，现广泛栽培。

喜阳光充足的环境，耐寒、耐干旱，在多湿气候下生长不良。对土地要求不严，但以肥沃疏松、排水良好的土壤为好。

栽培管理 ZAI PEI GUAN LI

万寿菊如种在阳光充足、土壤疏松肥沃的地方，栽植后不必多施肥，如果土壤瘠薄，于孕蕾及开花期等生长旺季，叶面喷施2～3次0.3%尿素液，加入0.5%磷酸二氢钾即可。因其较耐旱，除夏季特别干旱时浇水外，一般可不浇水。

苗期摘侧芽利于顶芽生长，花梗伸长，可布置花坛。进入夏季植株易出现徒长，要及时修剪，控制高度。摘顶芽后植株矮，开花早，花期容易控制。因花期长，生长后期易倒伏，枝叶易枯老，应及时疏去过密的茎叶和残花。高、中茎品种须立柱拉双铁丝扶持茎干，以防风吹倒伏。

繁殖方法 FAN ZHI FANG FA

万寿菊多用种子育苗。一年四季均可播种，通常春播秋花，夏播秋、冬花。种子易萌发，可自播繁殖。3月下旬至4月上旬，整地做畦，播后覆土厚度0.8厘米，然后用细眼喷壶浇水，保持土壤湿润。温度20℃～21℃时播后1周发芽出苗，半月左右叶片达7片，此时即可移植。幼苗生长最适温度15℃。苗高10～13厘米时可定植，株距30～35厘米。早熟品种营养生长期短，约40天开花，晚熟品种约90天开花，花期2个月。

病虫害防治 BING CHONG HAI FANG ZHI

地下害虫主要是蝼蛄、蛴螬，每亩用3%呋喃丹或5%甲拌磷颗粒剂0.75～1千克结合移栽施入土中。红蜘蛛、蚜虫可用1.8%的虫螨克和速克毙防治。万寿菊病害主要是立枯病、斑枯病、根腐病等。要坚持预防为主，防重于治的原则，适时防治病害。特别应在花蕾期（开化前）打一次杀菌剂。

万寿菊花事问答

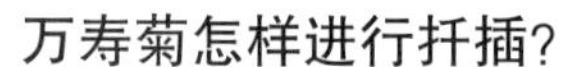

万寿菊怎样进行扦插?

1. 基质的准备。基质采用40%的谷壳灰和60%的河沙拌匀，谷壳灰不仅疏松排水，而且能有效防止插穗的腐烂。基质拌匀后，适量喷水，使基质含水量达60%左右，喷水一个小时后使用。

2. 插穗的准备。万寿菊的扦插一般在5~8月进行，这时可利用万寿菊修剪下来的枝条进行扦插，一般留3节至5节，有无顶芽均可。插穗基部的叶片要修剪干净，以免散失过多的水分。修剪时伤口一定要光滑，插穗下部的伤口斜剪（斜面45°），上部的伤口平剪。

3. 扦插。首先用插穗大小的一根小木棍在基质上打孔，株距3厘米，行距5厘米。扦插时要将插穗轻轻插入事先打好的孔中，深度为插穗的1/3，用食指和大拇指稍微将插穗周围的沙摁紧。扦插完后，用喷雾器将叶片喷湿即可，过多的水分容易导致插穗腐烂，然后在80厘米高的上方盖好遮阳网，以后每天上午10点和下午5点左右各喷一次雾，刚好喷湿叶片为宜。

另外要注意的是，放置扦插盘的地方不能被雨淋，不能被太阳西照，否则将前功尽弃。如果遮阳网的密度不是太大，最好能盖上两层遮阳网。

我的万寿菊叶子出现了萎蔫，是病了吗?

万寿菊叶子出现萎蔫，可能是患了枯萎病。初发病时叶色变浅发黄，萎蔫下垂，茎基部也变浅褐色，横剖维管束变为褐色，向上扩展枝条的维管束也逐渐变为浅褐色，向下扩展致根部外皮坏死或变黑腐烂。其防治方法为：合理轮作，发病始期喷洒50%多菌灵500倍液或40%多硫悬浮剂600倍液，也可选择上述药剂灌根，每株灌对好的药液0.4～0.5升，视病情防治2～3次。

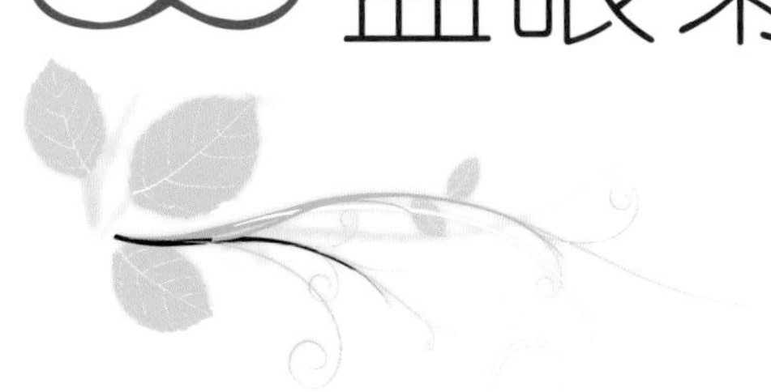

蓝眼菊

产地及习性 CHAN DI JI XI XING

蓝眼菊原产于南非。性喜阳，耐干旱，喜疏松肥沃的沙质壤土。

别名 灰毛菊

科属 菊科蓝眼菊属

花语 神秘的美

实际应用 SHI JI YING YONG

蓝眼菊色彩斑斓，既可作为盆花摆放阳台案头观赏，又可作为早春及初夏的园林露地花卉，群植布置花坛、花境，栽植时，与绿草奇石相映衬，更能体现出和谐的自然美。有少数的匍匐性品种可作为地被植物栽培。

栽培管理 ZAI PEI GUAN LI

蓝眼菊喜欢温暖及有阳光的环境，亦可以在贫瘠的土壤、盐分高或干旱的环境下生存。现今的栽培品种开花期较长，适当浇水及施肥可以使植株持续开花，不需要将凋谢的花剪掉，因为它们不易于结实。若在容器中种植，须避免土壤干涸，因为它们会进入休眠，以抵御干旱的环境，植株休眠时，会造成花蕾掉落，以后也不太容易再度开花。再者，干旱后再行灌溉，不可以浇太多的水，土壤太过潮湿根部会容易腐烂。

繁殖方法 FAN ZHI FANG FA

繁殖方式有播种繁殖与扦插繁殖。播种于秋冬或春季进行，有点播和穴播。由于多为杂交种子，播种繁殖的苗容易分化，呈现出不同的颜色与形态。扦插繁殖一般于秋冬季进行。秋冬季繁殖应于温室或保护地进行，以免霜冻。

病虫害防治 BING CHONG HAI FANG ZHI

常见虫害为蚜虫，可用80%敌敌畏乳油800~1000倍液或一遍净1000倍液喷洒植株进行防治。

蓝眼菊花事问答

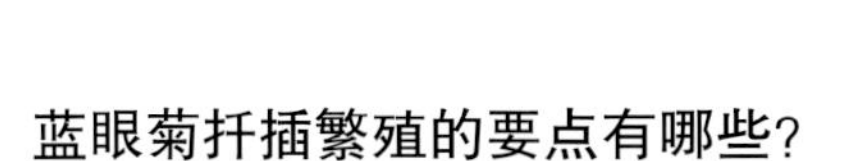

蓝眼菊扦插繁殖的要点有哪些?

1. 种植日程安排。蓝眼菊通常用未生根的插条进行扦插繁殖，在北方可9月份进行，在南方可10月底进行。

2. 扦插繁殖时需要保持湿润。与其他植物相比，蓝眼菊在繁殖时需要更频繁和更长时间的喷雾。然而，由于插条在刚扦插后根系还未形成，所以在穴盘苗栽培的第10~第14天内避免湿度达到饱和状态非常重要。喷雾可以频繁些，但时间不宜过长，仅仅将插条喷湿即可。浇水过多会导致植株根系腐烂、生长尖变黄、生长不均匀以及插条硬化等。如果长期过湿，植株还容易感染病害。

3. 保持温暖的环境。蓝眼菊可以在冷凉的环境中生长，但是在扦插繁殖阶段保持温暖的环境更有利于插条的成活。在最初的两周，将温度控制在21℃。不要过快对植株进行炼苗。可以每次将温度降低2℃左右，通过早晨的低温和高光照来增强植株的耐寒性。炼苗时过低的温度将导致生根时间推迟、分枝变少。在移植之后一直到侧根生长到1英寸长这段时间，将夜间温度保持在16℃~18℃之间，白天温度保持在20℃~22℃之间。

4. 基质EC值和pH值。选择排水良好的泥炭作为栽培基质。将基质的pH值保持在6.2左右，EC值保持在2.0以下。常规浇水即可，避免基质过湿或者过干。

5. 摘心。较早进行摘心有利于植株形成更好的株形，要避免植株过度生长。在对植株进行摘心之前要保持插条的柔软和良好生长，坚硬的插条不利于形成良好的分枝。

6. 一周只进行一项工作。种植蓝眼菊时还有一个规则必须遵守，即每周只能进行一项大的栽培工作。比如说，不能将摘心和种植放在同一周内进行，也不能在同一周内施用植物生长调节剂与炼苗。可以先种植已经生根的插条，然后在两周之后进行摘心，第3周或者第4周（根据侧根的发育情况而定）再施用植物生长调节剂，最后在接下来的一周进行降温炼苗。

Ji quan hua 鸡冠花

别名 凤尾鸡冠、鸡公花、鸡角根

科属 苋科青葙属

花语 真挚的爱情

实际应用 SHI JI YING YONG

鸡冠花因其花序红色、扁平状，形似鸡冠而得名，享有“花中之禽”的美誉。鸡冠花是园林中著名的露地草本花卉之一，花序顶生、显著，形状色彩多样，鲜艳明快，有较高的观赏价值，是重要的花坛花卉。

产地及习性 CHAN DI JI XI XING

鸡冠花原产非洲、美洲和印度，世界各地现已广泛栽培，为一年生草本植物。喜阳光充足、湿热，不耐霜冻，不耐瘠薄，喜疏松肥沃和排水良好的土壤。花期夏、秋季直至霜降。

栽培管理 ZAI PEI GUAN LI

鸡冠花性喜阳光，不耐贫瘠，怕积水，不耐寒，在高温干燥的气候条件下生长良好。在正常情况下不需浇水、施肥。鸡冠花可作盆栽观赏花卉。盆栽时一般不用幼苗盆育，而是在花期时从地栽鸡冠花中选择上盆。上盆时要稍栽深一些，以叶子接近盆土面为好。移栽时不要散坨，栽后要浇透水，7天后开始施肥，每隔半月施一次液肥。花序形成前，盆土要保持

一定的干燥，以利孕育花序。花蕾形成后，可7～10天施一次液肥，适当浇水。

如果想使鸡冠花植株粗壮，花冠肥大、厚实，色彩艳丽，可在花序形成后换大盆养育，但要注意移植时不能散坨 ，因为它的根部极弱，否则不易成活。

鸡冠花是异花受粉，品种间容易杂交变异。所以，留种的品种开花期要选出隔离。留种时，应采收花序下部的种子，可保留品种的特色。

繁殖方法 FAN ZHI FANG FA

鸡冠花用播种繁殖，于4～5月进行，气温在20℃～25℃时为好。播种前，可在苗床中施一些饼肥或厩肥、堆肥作基肥。播种时应在种子中和入一些细土进行撒播，因鸡冠花种子细小，覆土2～3毫米即可，不宜深。播种前要使苗床中土壤保持湿润，播种后可用细眼喷壶稍许喷些水，再给苗床遮阳，两周内不要浇水。一般7～10天可出苗，待苗长出3～4片真叶时可间苗一次，拔除一些弱苗、过密苗，到苗高5～6厘米时即应带根部土移栽定植。

病虫害防治 BING CHONG HAI FANG ZHI

鸡冠花容易患轮纹病、斑点病、立枯病等，发病初期应及时喷药防治，药剂有1:1:200的波尔多液、50%的甲基托布津可湿性粉剂、50%的多菌灵可湿性粉剂500倍液喷雾、40%的菌毒清悬浮剂600～800倍液喷雾，或用代森锌可湿性粉剂300～500倍液浇灌。

鸡冠花花事问答

怎样使鸡冠花色彩美丽?

鸡冠花的品种多，株形有高、中、矮3种；形状有鸡冠状、火炬状、绒球状、羽毛状、扇面状等；花色有鲜红色、橙黄色、暗红色、紫色、白色、红黄相杂色等；叶色有深红色、翠绿色、黄绿色、红绿色等，极其好看，成为夏秋季常用的花坛用花。

在栽培中如果管理养护不当，往往开花稀少、花色暗淡，影响鸡冠花的观赏价值。要使鸡冠花花大色艳，栽培养护中需注意：

1. 种植在向阳、肥沃、排水良好的沙质壤土中。
2. 生长期浇水不能过多，开花后控制浇水，天气干旱时适当浇水，阴雨天及时排水。
3. 从苗期开始摘除全部腋芽。
4. 等到鸡冠形成后，每隔10天施一次稀薄的复合液肥。

鸡冠花如何进行繁殖栽培?

清明时，选好地块，施足基肥，耕细耙匀，整平作畦，将种子均匀地撒于畦面，略用细土盖严种子，浇透水，保持土地的湿润，一般在气温15℃～20℃时，10～15天可出苗。

夏播于芒种后，按行距30厘米播种，苗高6厘米时，按株距20厘米间苗，间下的苗可移栽其他田块，移栽后一定要浇水。幼苗期一定要除草松土，不太干旱时，尽量少浇水。苗高30厘米，要施追肥一次。封垅后适当打去老叶，开花抽穗时，如果天气干旱，要适当浇水，雨季低洼处严防积水。抽穗后可将下部叶腑间的花芽抹除，以利养分集中于顶部主穗生长。

当然，在温室里也可以培养，只要注意湿度和温度就可以了。但温室里的种植到外面，必须在发芽长出4片叶子之后，晚上要拿到室外去坚苗，使其适应寒冷的环境，否则会长得细长娇弱很快死去。

孔雀草

别名 小万寿菊

科属 菊科菊属

花语 爽朗活泼

实际应用 SHI JI YING YONG

孔雀草有很好的观赏价值，适宜盆栽、地栽和做切花。叶对生，羽状分裂，裂片披针形，叶缘有明显的油腺点。由于其花期长，很适合摆放于公园、庭院等场所，做装饰用。

产地及习性 CHAN DI JI XI XING

孔雀草原产墨西哥。喜阳光，但在半阴处栽植也能开花。它对土壤要求不严。散落在地上的种子在合适的温、湿度条件中可自生自长，是一种适应性十分强的花卉。

栽培管理 ZAI PEI GUAN LI

光照：孔雀草为阳性植物，生长、开花均要求阳光充足，光照充足还有利于防止植株徒长。高温季节需要避免直射阳光，正午前后要遮阳降温。

温度：一般来讲，温度只要在5℃以上就不会被冻害，10℃～30℃间均可良好生长。

水肥：水分管理的关键是采用排水良好的介质，保持介质的湿润虽然重要，但每次浇水前适当的干燥是必要的，当然不能使介质过干而导

致植株枯萎。对于完全用人工介质栽培的，可7~10天交替施肥一次。在冬季气温较低时，要减少肥的使用量。如果是以普通土壤为介质的，则可以用复合肥在介质装盆前适量混合作基肥，肥力不足时，再追施肥料。

繁殖方法 FAN ZHI FANG FA

孔雀草的繁殖，用播种和扦插均可。播种于11月至来年3月间进行。冬春播种的3~5月开花。播种可在庭院直播或盆播。盆栽的，播种后约一个月即可挖苗上盆定植。扦插繁殖可于6~8月间剪取长约10厘米的嫩枝直接插于庭院，遮阳覆盖，生长迅速。夏秋扦插的8~12月开花。扦插不论插地或插床（盆）均可成活。

病虫害防治 BING CHONG HAI FANG ZHI

常见的病害有褐斑病、白粉病等，属真菌性病害，应选择好地栽培，并注意排灌，清除病株病叶，烧毁残枝，及时喷锈粉宁等杀菌药。 虫害主要是红蜘蛛，可加强栽培管理，在虫害发生初期用20%三氯杀螨醇乳油500~600倍进行喷药防治。

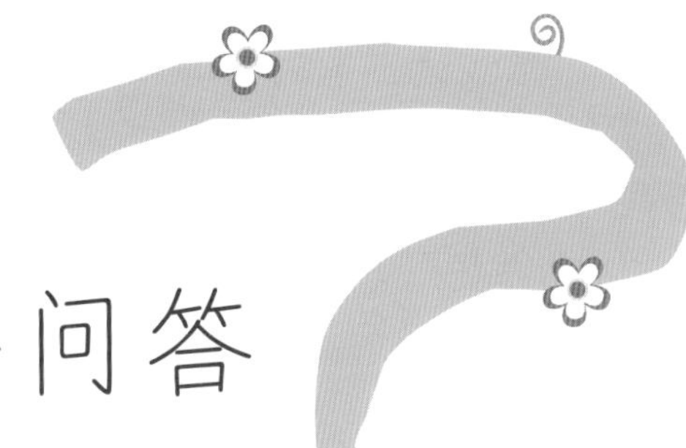

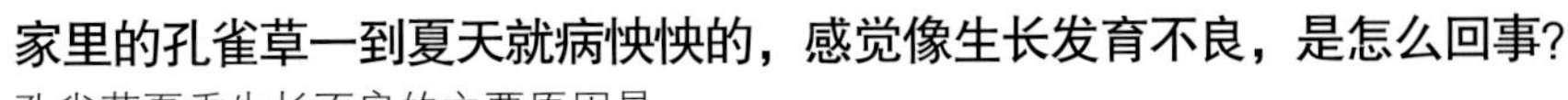

家里的孔雀草一到夏天就病怏怏的，感觉像生长发育不良，是怎么回事?

孔雀草夏季生长不良的主要原因是:

1.孔雀草畏高温，夏季酷热时生长势减弱，开花数量减少。

2.孔雀草生长比较迅速，在春天盆栽的孔雀草到夏季时植株开始老化，当秋天气温转凉后，地栽的孔雀草已经恢复良好的生长与开花，但盆栽的孔雀草生长不仅不会有转机，而且会每况愈下。

因此，要在秋天让孔雀草的嫩枝进行扦插。孔雀草扦插1周后即可生根上盆，秋凉后即可迅速生长成型，并可不断开出鲜艳的花朵。

如何控制孔雀草的光照时间?

孔雀草是短日照植物，在秋后的短日照条件下，孔雀草是不会长高的，只能地下分蘖。要使孔雀草进一步长高，必须延长光照时间，把地上茎拉高，定植后一个月，开始人工加光，一般用100W或60W电灯泡吊在植株上方80厘米处，每盏照4平方米，每天增加4小时灯光照明时间，连续40天，离春节60天前结束，补光方法可以在晚上天黑时开始，也可以在离天亮前4小时开始。

Si ji hai tang 四季海棠

别名 瓜子海棠

科属 秋海棠科秋海棠属

花语 快乐聪慧、童心可鉴

实际应用 SHI JI YING YONG

四季海棠在传统生产中是作为一种多年生的温室盆花。近年人们将其应用于花坛布置，效果极佳。随着一些相对耐热品种的出现，四季海棠在中国已成为最主要的花坛花卉之一。它具有株形圆整、花多密集、极易与其他花坛植物配植、观赏期长等优点，因而越来越受到欢迎。

产地及习性 CHAN DI JI XI XING

原产于巴西。性喜阳光，稍耐阴，怕寒冷，喜温暖、稍阴湿的环境和湿润的土壤，但怕热及水涝，夏天注意遮阳、通风排水。

栽培管理 ZAI PEI GUAN LI

光、水、温度、摘心是种好四季海棠的关键因素。定植后的四季海棠，在初春可直射阳光，随着日照的增强，须适当遮阳。同时应注

意水分的管理，水分过多易发生烂根、烂芽、烂枝的现象，高温高湿易产生各种疾病。幼苗定植后，每隔10天追施一次液体肥料。及时修剪长枝、老枝而促发新的侧枝，加强修剪有利于株形的美观。栽培的土壤条件，要求富含腐殖质、排水良好的中性或微酸性土壤，既怕干旱，又怕水渍。

繁殖方法 FAN ZHI FANG FA

主要有播种、扦插、分株3种方式。四季海棠种子细小，寿命又短，自然落到盆土中的种子往往很快发芽而长出幼苗，但采收的种子如不及时播种，则出苗很少。扦插多在3～5月或9～10月进行，用素沙土作扦插基质，也可直接扦插在塑料花盆上，需将节部插入土内。在阴蔽和保温的条件下，20多天即可发根。多年生老株可将它们分株，同时进行修剪，促发新侧枝，以形成完好的株形。

病虫害防治 BING CHONG HAI FANG ZHI

病害主要有茎腐博、猝倒博、叶斑病，应采用托布津、百菌清、井冈霉素等防治。虫害主要是危害叶、茎的各类害虫，有蛞蝓、蓟马、潜叶蝇等，应有针对性地用药。

怎样做四季海棠的夏季管理？

1. 遮阳通风。四季海棠对阳光十分敏感，夏季，要调整光照时间，创造适合其生长的环境，要对其进行遮阳处理。室内培养的植株，应放在有散射光且空气流通的地方，晚间需打开窗户，通风换气。

2. 适度浇水。四季海棠喜欢湿润的环境，但在炎热的夏季则以盆土稍湿润为宜。浇水不要固定一天浇几次或几天浇一次，而要随时注意观察盆土的干湿状况，见到盆土发白时即可浇水，水量不宜过多。

3. 分类施肥。四季海棠的夏季施肥，要按新老植株来区别对待。上一年秋季繁殖的新株，可在每茬花后施些腐熟的稀薄饼肥水，肥水比以1:5为宜，每周一次，连施两次，两周后可再度开花。多年生的老株或长势弱的植株，当温度在25℃以上时，需停止施肥，待伏天过后再施肥，以迎来第二个开花旺季。

4. 防病治虫。四季海棠在高温高湿的条件下，极易发生斑点细菌病。起初叶面上出现暗褐色斑点，逐渐蔓延为黑褐色轮纹状。发病前可用等量式波尔多液喷洒预防，并注意改善栽培条件与管理方法。发病初期应及时将病叶摘除烧毁，以防再度传播。夏季是蚜虫与红蜘蛛的高发期，要及时用无公害农药加以防治。

家庭养植四季海棠应注意些什么？

1. 种苗的选择。在购买种苗时应选择基部叶片大而完整、叶腋处具有芽或枝的实生苗。这种苗具有生长势强、分枝多、花繁等特性。

2. 冬季防寒保暖。四季海棠畏寒，应及早做好防寒保暖工作。在霜降前把盆移入室内朝南有阳光的地方，当寒潮来临时，可用塑料袋罩起来，次日待太阳出来后再揭去。不能放在取暖器旁，否则叶片会烤伤，在有空调的房间中要注意通风。

3. 夏季降温通风。夏季应将盆放置在阴凉通风处，温度控制在30℃以下，切忌强光直射，使其遭受灼伤。

4. 肥水管理。在生长季节，每10天左右施一次稀薄液肥，花蕾形成时增施速效的磷钾肥，使花朵鲜艳。

勋章花

别名 勋章菊

科属 菊科勋章花属

花语 骄傲而自豪

实际应用 SHI JI YING YONG

勋章花花形奇特，花色多彩，花心具深色眼斑，形似勋章，其花舌状花瓣纹新奇，花朵迎着太阳开放，至日落后闭合，非常有趣。用它盆栽摆放花坛或草坪边缘，十分自然和谐。点缀小庭园或窗台，又似张张花脸，憨态可掬，同时它也是很好的插花材料。

产地及习性 CHAN DI JI XI XING

勋章花原产非洲南部。喜温暖、湿润和阳光充足的环境。不耐寒，耐高温，怕积水。

栽培管理 ZAI PEI GUAN LI

勋章花常用8～12厘米盆进行栽培。幼苗3～4片叶时可从4厘米育苗盘内取出定植。生长

期每半月用“卉友”15－15－30盆花专用肥施肥一次。保持盆土湿润和阳光充足，勋章花可开花不断。如不留种，花谢后要及时剪除，这样可减少营养消耗，促使形成更多花蕾开花。冬季放室内栽培仍可继续开花。

繁殖方法 FAN ZHI FANG FA

常用播种、分株和扦插繁殖。

播种繁殖：4月春播或9月秋播，每克种子560～580粒，发芽适温16℃～18℃，播后14～30天发芽。长出1对真叶时移至4厘米种苗盘。有些地区种子有自播繁衍能力。

分株繁殖：在3～4月茎叶生长前，将越冬的母株挖出，用刀自株丛的根颈部纵向切开，但每一分株必须带芽头和根系，可直接盆栽。

扦插繁殖：常在春、秋季进行，室内栽培全年均可进行。剪取带茎节的芽，留顶端2片叶，如叶片过大，还可剪去1/2，以减少叶面水分蒸发。插入沙床，保持室温20℃～24℃和较高的

空气湿度，插后20～25天生根。若用0.1%吲哚丁酸处理1～2秒，生根更快。

病虫害防治 BING CHONG HAI FANG ZHI

常见有叶斑病危害，可用25%多菌灵可湿性粉剂1000倍液喷洒。虫害有红蜘蛛和蚜虫危害，蚜虫用2.5%鱼藤精乳油1000倍液喷杀，红蜘蛛用40%氧化乐果乳油1500倍液喷杀。

我买了一盆勋章菊，根据其生长习性该如何进行养护?

勋章花对水分比较敏感，茎叶生长期虽需土壤湿润，但梅雨季土壤水分过多，植株容易受涝造成全株死亡。同时，夏季高温时，空气湿度不宜过高，盆土不宜积水，否则均对勋章花生长和开花不利。

勋章花属喜光性草本花卉，生长和开花期需充足阳光。如栽培场所光照不足，叶片柔软，花蕾减少，花朵变小，花色变淡。相反，阳光充足则花色鲜艳，开花不断。

土壤应选择肥沃、疏松和排水良好的沙质壤土。盆栽土壤可用培养土、腐叶土和粗沙等量的混合土。

浇花用什么样的水好?

水可按照含盐类的状况分为硬水和软水。硬水含盐类较多，用它来浇花，常使花卉叶面产生褐斑，影响观赏效果，所以浇花用水以软水为宜。在软水中又以雨水(或雪水）最为理想，因为雨水是一种接近中性的水，不含矿物质，又有较多的空气，用来浇花十分适宜，因此雨季高潮应多贮存些雨水留用。在我国东北各地，可用雪水浇花，效果也很好，但要注意需将冰雪融化后搁置到接近室温时方可使用。若没有雨水或雪水，可用河水或池塘水。如用自来水，须先将其放在桶（缸）内贮存1～2天，使水中氯气挥发掉再用，较为稳妥。浇花不能使用含有肥皂或洗衣粉的洗衣水，也不能用含有油污的洗碗水。对于喜微碱性的仙人掌类花卉等，不宜使用微酸性的剩茶水等。此外，浇花时还应注意水的温度。不论是夏季还是冬季浇花，水温与气温相差太大（超过5℃）易伤害花卉根系。因而浇花用水，最好能先放在桶内（缸）晾晒一天后，待水温接近气温时再用。

天竺葵

tian zhu kui

别名 洋绣球

科属 牻牛儿苗科天竺葵属

花语 爱情的决心

实际应用 SHI JI YING YONG

天竺葵由于群花密集如球，故又有洋绣球之称。花色红、白、粉、紫，变化很多。花期由初冬开始直至翌年夏初。盆栽宜作室内外装饰，也可作春季花坛用花。

产地及习性 CHAN DI JI XI XING

天竺葵原产非洲南部。喜温暖、湿润和阳光充足的环境。耐寒性差，怕水湿和高温。生长适温3～9月为13℃～19℃，冬季温度为10℃～12℃。6～7月间呈半休眠状态，应严格控制浇水。宜肥沃、疏松和排水良好的沙质壤土。冬季温度不低于10℃，短时间能耐5℃低温。

栽培管理 ZAI PEI GUAN LI

天竺葵性喜冬暖夏凉，冬季室内每天保持10℃～15℃，夜间温度8℃以上，即能正常开花。但最适温度为15℃～20℃。天竺葵喜燥恶湿，冬季浇水不宜过多，要见干见湿。土湿则茎质柔嫩，不利花枝的萌生和开花，长期过湿会引起植株徒长，花枝着生部位上移，叶子渐黄而脱落。

天竺葵生长期需要充足的阳光，因此冬季必须把它放在向阳处。光照不足会造成茎叶徒长，花梗细软，花序发育不良，弱光下的花蕾往往花开不畅，提前枯萎。天竺葵不喜大肥，肥料过多会使天竺葵生长过旺不利开花。为使开花繁茂，每1～2星期浇一次稀薄肥水（腐熟豆饼水），每隔7～10天浇800倍磷酸二氢钾溶液可促进正常开花。花后及时剪去残败花茎，即可增加株间光照，诱使萌发新叶，抽出新的花茎。

为促使分枝较多的天竺葵多开花，要对植株进行多次摘心，以促进其增加分枝和孕蕾。花谢后要适时剪去残花，剪掉过密和细弱的枝条，以免过多消耗养分，但冬季天寒，不宜重剪。

繁殖方法 FAN ZHI FANG FA

一般用扦插繁殖。除6～7月植株处于半休眠状态外，均可扦插。以春、秋季为好。选用插条长10厘米，以顶端部最好。剪取插条后，让切口干燥数日，形成薄膜后再插于沙床或膨胀珍珠岩和泥炭的混合基质中，注意勿伤插条茎皮，否则伤口易腐烂。插后放半阴处，保持室温13℃～18℃，插后14～21天生根，根长3～4厘米时可盆栽。扦插过程中用0.01%吲哚丁酸液浸泡插条基部2秒，可提高扦插成活率和生根率。一般扦插苗培育6个月开花，即1月扦插，6月开花；10月扦插，翌年2～3月开花。

病虫害防治 BING CHONG HAI FANG ZHI

易发生叶斑病，可喷施农用链霉素1000单位，或试用14%胶胺铜300倍液进行防治。

天竺葵花事问答

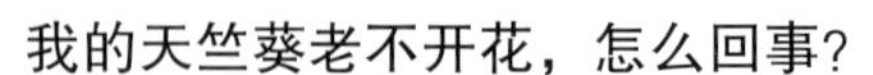

我的天竺葵老不开花，怎么回事?

影响天竺葵开花的因素有很多，一般有以下几种：

1. 浇水过多或遭受雨淋，盆内长期积水，引起烂根，叶子边黄或植株徒长，均影响开花。

2. 施肥过量，特别是氮肥过量，易引起枝叶徒长，不开花或开花稀少，花质差。但施肥不足或不施肥，也会影响植株正常生长和开花。因此，在早春或早秋应适当多施些磷钾肥。

3. 温度过高或过低，冬季室温在20℃以上，加上通风不良，枝叶易徒长，影响次年开花，但越冬温度低于0℃，则易受冻害，叶缘变黄发软。天竺葵对温差变化也比较敏感，如急剧变化，就会引起花朵脱落。

4. 光照太强，夏季受到阳光直射，叶缘易遭受日灼，生长不良或花、叶脱落。

5. 摘心修剪过重，长期叶片很少，也会延缓生长期，着花、开花数量少。此外，冬、春季在室内养护时，如果长期光线不足，易引起植株徒长而不开花，甚至已形成的花蕾也会因光照不足而萎缩干枯。所以，冬季应注意给以较充足的光照。

怎样对天竺葵进行修剪整形呢?

一般在伏天过后，天气转凉，天竺葵逐渐恢复长势，休眠的植株新芽已长出。此时正是8月下旬至9月上旬，即应结合换盆对植株进行全面修剪。根据植株长势，一般选留靠近基部位置、生长健壮、分布匀称的主枝3～5个，其他过密的、纤弱的、徒长的枝条，一并从基部剪掉。然后再把主枝及侧枝进行短截，每个侧枝只留生长健壮的新芽，使整个植株枝条分布均匀、紧凑，株形丰满矮壮。

对培养一年的植株，在适当位置短截即可。经过修剪整形的植株需经过一段时间才能恢复长势。一般待剪口干缩半个月后，即可开始正常追施肥料，以便不断抽生新芽，陆续开花。为了避免过分徒长，可进行摘心，促使多发侧枝多开花。

贴梗海棠

Tie geng hai tang

别名 铁杆海棠

科属 蔷薇科木瓜属

花语 平凡热情

产地及习性 CHAN DI JI XI XING

原产我国西南地区。喜光，较耐寒，不耐水淹，喜肥沃、深厚、排水良好的土壤。

实际应用 SHI JI YING YONG

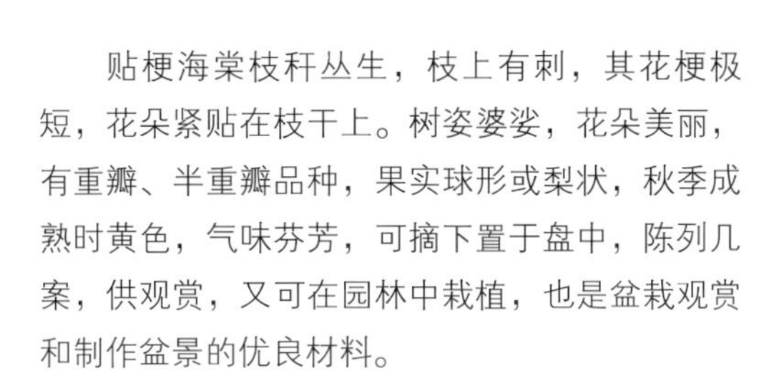

贴梗海棠枝秆丛生，枝上有刺，其花梗极短，花朵紧贴在枝干上。树姿婆娑，花朵美丽，有重瓣、半重瓣品种，果实球形或梨状，秋季成熟时黄色，气味芬芳，可摘下置于盘中，陈列几案，供观赏，又可在园林中栽植，也是盆栽观赏和制作盆景的优良材料。

栽培管理 ZAI PEI GUAN LI

贴梗海棠管理较简单，因其开花以短枝为主，故春季萌发前需将长枝适当短截，整剪成半球形，以刺激多萌发新梢。夏季生长期间，对生长枝还要进行摘心。栽培管理过程中要注意旱季浇水，伏天最好每天施一次。

生长期间施腐熟有机肥，或适量复合肥料（N、P、K元素）。在9~10月间掘取合适植株上盆，先放在阴凉通风处养护一段时间，待入冬后移入15℃~20℃的温室，经常在枝上喷水，约25天后即可开花，可用作元旦、春节观赏。

繁殖方法 FAN ZHI FANG FA

贴梗海棠的繁殖主要用分株、扦插和压条，播种也可以。播种繁殖可获得大量整齐的苗木，但不易保持原有的品种特性。贴梗海棠分蘖力较强，可在秋季或早春将母株掘出分割，分成每株2~3个枝干，栽后3年又可进行分株。一般在秋季分株后假植，以促进伤口愈合，翌年春天即可定植，次年即可开花。硬枝扦插与分株时期相同，在生长季中还可进行嫩株扦插，将长15厘米左右的株段，插于素沙内或素土中，浇透水并保湿，一个多月后可发叶。扦插苗2~3年即可开花。

病虫害防治 BING CHONG HAI FANG ZHI

贴梗海棠病虫害主要有锈病、蚜虫等。锈病防治：秋末冬初剪除病枝，清除病叶、落地叶，以减少翌春侵染源。且增施磷、钾肥，促进生长势，增强植株抗病力。生长期间可喷洒15%粉锈宁1000倍液，每隔15天左右喷洒一次，连续喷2~3次，有良好的防治效果。蚜虫防治：在发生期，喷洒40%氧化乐果1000倍液，或50%锌硫磷1000倍液，或20%菊杀乳油2500倍液进行防治，效果佳。

贴梗海棠花事问答

贴梗海棠如何进行水肥管理?

贴梗海棠虽然怕积水，但还是比较喜欢湿润环境，故此不可因其怕积水而少浇水或不浇水，因为缺水也会影响其正常生长，轻者叶小、落叶、萎蔫，重者整株死亡。那么怎样给贴梗海棠浇水呢？首先，每年的防冻水和返青水必不可缺，这两次浇水必须适时适量，所谓“适时”就是防冻水要在11月中旬到12月初前浇完，返青水必须在3月初浇。所谓“适量”是必须浇足浇透。此外，在花后的4月中旬再浇一次透水也是非常有必要的。

盆栽贴梗海棠如何进行日常护理?

贴梗海棠地栽、盆栽均可，盆栽时应该从以下几个方面管理：

1. 水分充足。在贴梗海棠的生长期内要给予充足的水分，尤其是夏季气温高时盆土容易干燥，浇水要充足。要注意的是贴梗海棠有一定的抗旱能力，但很怕水涝，一定要避免盆土积水，否则会使叶片发黄，甚至植株死亡。

2. 要加强修剪。在贴梗海棠秋季落叶后或春季萌芽前要进行一次修剪整形，剪去枯枝、徒长枝、交叉枝、重叠枝以及其他影响树形的枝条，使其营养集中，减少消耗和利于通风透光。把隔年已开过花的老枝的顶部也要剪去，仅留下枝条基部二三十厘米，这样可以促进分枝，增加开花枝。盆栽不宜多挂果，花后应该及时疏果，留果的位置应该在枝干造型的重点位置，以平衡树势，突出重点。果实成熟后虽不再生长，但也要消耗养分，应摘除。对于某些以观花为主的重瓣品种，花后可摘除残花，勿令其结果，以利于树势的恢复。

3. 每年春季换盆一次。盆土要求疏松肥沃、含腐殖质丰富、并有良好排水透气的沙质土壤，并在盆底放些腐熟的饼肥、动物蹄甲、骨头等做基肥，以支持植株的生长和开花。6～7月果实逐渐膨大时，应增加磷钾肥的用量，可向叶面喷施0.2%的磷酸二氢钾溶液，以满足果实发育的需要。

转枝莲、转心莲

西番莲科西番莲属

圣洁的爱情

实际应用 SHI JI YING YONG

西番莲其枝叶翠绿繁茂，花朵形状奇特，果实漂亮可爱，是一种很好的绿化和观赏植物。

产地及习性 CHAN DI JI XI XING

原产美洲热带地区，我国原产13种。喜光，喜温暖与高温湿润的气候，不耐寒。生长快，开花期长，开花量大，适宜于北纬24度以南的地区种植。

栽培管理 ZAI PEI GUAN LI

西番莲是喜温、喜光的热带植物，在阳光充足的环境下发育良好，一般只适宜热带、南亚热带地区栽培。要求年平均气温在18℃以上，最冷月平均气温在8℃以上，0℃以下的低温会使幼苗受害，成年植株能忍受-1℃的低温。西番莲对土壤的要求不严，但以富含有机质、疏松、微酸性的土壤最佳。土壤干旱或过度积水都对植株生长不利，以保持土壤湿润为宜。

西番莲的幼苗不耐低温，在可能发生霜冻

的日子，建议采用遮盖等方法预防低温危害。另外，要使西番莲生长良好、结果多、高产，在移栽时要用农家肥作底肥，以后还应适当增施磷肥和钾肥。

繁殖方法 FAN ZHI FANG FA

繁殖一般用带叶绿枝扦插，北方温室全年均可操作，一般家庭可在7~8月进行。

扦插繁殖时选取老熟、充实的枝蔓作材料，

每条插枝以两节或三节最佳，下切口离节间1厘米，这样最易生根。如果材料少，也可用剪留一节为插穗，不过这样生根较慢。扦插时插条留半片至一片叶，把卷须全部剪去，有利于节约养分。如果用3000~10000倍生根液浸插条基部，更有利于生根。

病虫害防治 BING CHONG HAI FANG ZHI

西番莲的病害较少，生产上主要存在根腐病、疫霉病和炭疽病。防治病害的主要措施首先是做好排水工作，防止果园积水，尤其是部分水田和低洼地区果园，需防止局部积水导致烂根和诱发病害。其次是早春在果实采收完毕后，结合修剪清园，将病枝、病叶、病果清出园外烧掉，减少病源。第三是在发现病害后及时用药除病，用敌克松800倍和托布津或甲基托布津1000倍防治根腐病和炭疽病。

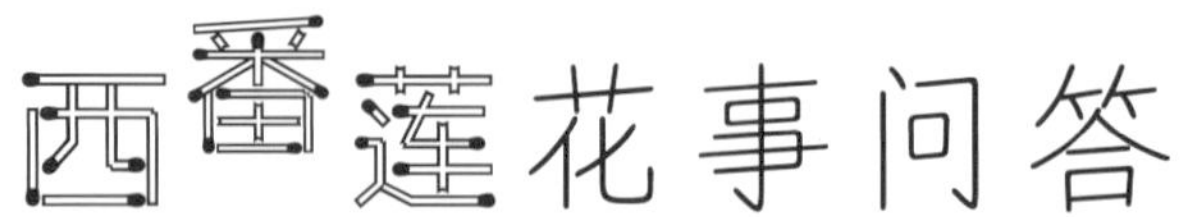

西番莲花事问答

西番莲的扦插繁殖要注意什么?

扦插繁殖苗木时要注意以下几点：一是在丰产、优质的植株上剪枝条扦插。二是每条插枝一般以两节长或三节长为宜，下切口离节1厘米为宜，而上切口应在顶芽上方2厘米为宜。要进行催根处理，用吲哚丁酸3000倍溶液浸插条下部30秒钟即可。扦插时插条下半部入土中以生根，留上半部一芽萌发长出枝条，每枝插条留半片叶至一片叶。三是最好采用营养袋育苗。营养土可用二成至三成的火烧土与七至八成的疏松肥沃的园土或水田土壤混合而得。四是插后要保持苗床的湿度，用塑料薄膜小拱棚或大棚育苗，同时每天要淋水以保持湿度。五是在冬季和早春要注意苗床的防寒，利用塑料薄膜小拱棚或大棚育苗防寒的，除了在晴天需打开散热外，其余时间应盖好。

西番莲利用搭架栽培有何优缺点?

西番莲是藤本果树，要做到生长良好，结果多，病虫害少，必需搭架栽培。目前，种植西番莲一般采用棚架和篱架二种，这两种架各有优缺点。

棚架的优点是在水源较缺乏的旱地、坡地和旱季时，可起遮阳、减轻蒸发的作用，在棚架下形成一个相对湿度较高的小环境，同时又可充分利用部分地区丰富的竹木资源，减轻搭建棚架的成本。它的缺点是有效绿叶层薄，结果容量较小，产量较低，修剪、杀虫防病喷药难度较大，在水田或雨季时，果园湿度偏高，易诱发病害，同时成熟时较多果实留在棚面上，没有及时掉落地面，不利于果实的采收。

篱架的优点是方便整形修剪、除虫喷药、人工辅助授粉、果实采收，同时有效绿叶层厚，结果容量大，通风受光合理。缺点是需使用较多的铁线搭架。

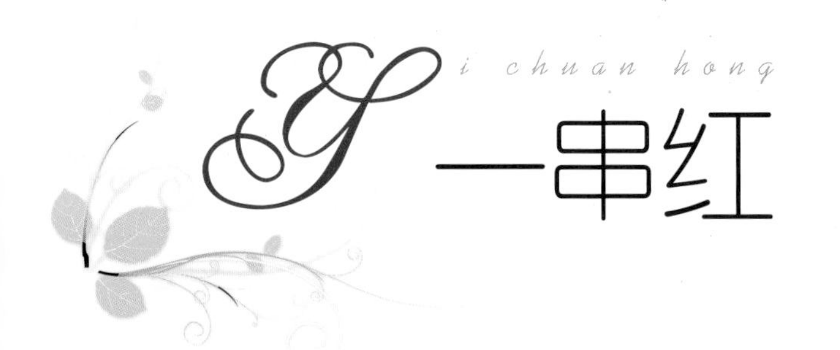

一串红

别名 爆仗红

科属 唇形科鼠尾草属

花语 喜气洋洋、满堂吉庆

实际应用 SHI JI YING YONG

一串红花序修长，色红鲜艳，花期又长，适应性强，为中国城市和园林中最普遍栽培的草本花卉。近年来，国外在鼠尾草属观赏植物的应用上有了新的发展，红花鼠尾草（朱唇）、粉萼鼠尾草（一串蓝）均已培育出许多新品种。中国也已引种并进行小批量的生产，在城市景观布置上已起到了较好的效果。

产地及习性 CHAN DI JI XI XING

一串红原产南美巴西。喜温暖和阳光充足的环境。不耐寒，耐半阴，忌霜雪和高温，怕积水和碱性土壤。

栽培管理 ZAI PEI GUAN LI

盆栽一串红，盆内要施足基肥，生长前期不宜多浇水，可两天浇一次，以免叶片发黄、脱落。进入生长旺期，可适当增加浇水量，开始施追肥，每月施2次，可使花开茂盛，延长花期。当苗生有4片叶子时，开始摘心，促进植株多分枝，一般可摘心3~4次。

繁殖方法 FAN ZHI FANG FA

一串红除有自播繁殖能力外，也可采用人工播种和扦插繁殖。播种可在3～4月进行，苗高5～10厘米时移栽定植。扦插在气温15℃以上时皆可进行。选稍硬化的健壮枝条，截成6厘米长左右的段子，插入插床中一半深，半个月可发新根。

病虫害防治 BING CHONG HAI FANG ZHI

常发生叶斑病和霜霉病危害，可用65%代森锌可湿性粉剂500倍液喷洒。由于地湿、低温、严重阴蔽、不通风时引起的叶腐烂，应及时采取措施。虫害主要是干热条件下，常有红蜘蛛为害，可用加水1000～1500倍三氯杀螨醇杀灭。对蚜虫可用加水1000倍的氧化乐果水灭除。白粉虱可用加水1000倍的敌杀死再加少量吐温摇匀喷洒杀灭。

一串红花事问答

我家的一串红买来没多久植株就变成黑色了，叶片也下垂得厉害，没有一点生气，是怎么回事?

根据症状，多半是患了霉疫病。霉疫病是一串红的一种毁灭性病害，它主要危害其花卉茎、枝、叶，病害发病率高，发展迅速，能造成花卉大批死亡。植株感病后，茎部受害初期感病部位出现水渍状、暗绿色不规则斑点，并逐渐扩大，往上蔓延。后期病斑呈黑褐色，边缘不明显。病情发展迅速，很快扩展至中部，甚至顶端出现斑块，严重时整株的茎部都成黑色。叶片受害多发生于叶缘、叶基部，叶柄受害后则叶片萎垂。潮湿时病部生稀散的白霉。防治方法：①以控制湿度为主，勿摆置或栽植过密。高温高湿季节应注意排水和倒盆，注意通风。浇水时防止泥土飞溅到叶片上，少浇叶面水，以减少发病条件。②发现病株及时拔除烧毁，同时，每株施用70%五氯硝基苯粉剂消毒土壤，防止扩大蔓延。③初病期喷洒700倍的75%百菌清可湿性粉剂，或600倍代森锌可湿性粉剂，并将植株下面的土壤喷湿。

盆栽一串红该如何进行日常护理?

一串红对温度反应比较敏感。种子发芽需21℃～23℃，温度低于15℃很难发芽，20℃以下发芽不整齐。幼苗期在冬季以7℃～13℃为宜，3～6月生长期以13℃～18℃最好，温度超过30℃时，植株生长发育受阻，花、叶变小。因此，夏季高温期，需降温或适当遮阳，来控制一串红的正常生长。长期在5℃低温下，易受冻害。

一串红是喜光性花卉，栽培场所必须阳光充足，对一串红的生长发育十分有利。若光照不足，植株易徒长，茎叶细长，叶色淡绿，如长时间光线差，叶片变黄脱落。如开花植株摆放在光线较差的场所，往往花朵不鲜艳、容易脱落。对光周期反应敏感，具短日照习性。

一串红要求疏松、肥沃和排水良好的沙质壤土。而对用甲基溴化物处理土壤和碱性土壤反应非常敏感，适宜于pH5.5～6.0的土壤中生长。

马蹄莲

Ma ti lian

别名 慈菇花、水芋马

科属 天南星科马蹄莲属

花语 忠贞不渝、永结同心

实际应用 SHI JI YING YONG

马蹄莲属球根花卉，为近年新兴花卉之一，作为鲜切花市场需求较大，前景广阔。由于马蹄莲叶片翠绿，花苞片洁白硕大，宛如马蹄，形状奇特，是国内外重要的切花花卉，用途十分广泛。

产地及习性 CHAN DI JI XI XING

马蹄莲原产非洲南部的河流或沼泽地中。中国分布在冀、陕、苏、川、闽、台、滇。

性喜温暖气候，不耐寒，不耐高温，生长适温为20℃左右，0℃时根茎就会受冻死亡。冬季需要充足的日照，光线不足则花少，稍耐阴。夏季阳光过于强烈灼热时适当进行遮阳。喜潮湿，稍有积水也不太影响生长，但不耐干旱。喜疏松肥沃、腐殖质丰富的黏壤土。

栽培管理 ZAI PEI GUAN LI

马蹄莲生长期间喜水分充足，要经常向叶面、地面洒水，并注意叶面清洁。每半月追施液肥一次，施肥后还要立即用清水冲洗。霜前移入温室，室温保持10℃以上。在养护期间为避免叶多影响采光，可去除外叶片，这样也利于花梗伸出。2～4月是盛花期，花后逐渐停止浇水。5月以后植株开始枯黄，应注意通风并保持干燥，以防块茎腐烂。待植株完全休眠时，可将块茎取出，晾干后贮藏，秋季再行栽植。

马蹄莲适宜8月下旬至9月上旬栽植，地栽是用作切花生产，将健壮根茎3个一组栽于肥沃田中，元旦左右即能开花供应市场。盆栽每盆大球2～3个，小球1～2个，盆土可用园土加有机肥。栽后置半阴处，出芽后置阳光下，待霜降移入温室，室温保持10℃以上。生长期间要经常保持盆土湿润，通常向叶面、地面洒水，以增加空气湿度。每半月追施液肥一次。开花前宜施以磷肥为主的肥料，以控制茎叶生长，促进花芽分化，保证花的质量。施肥时切勿使肥水流入叶柄内，以免引起腐烂。生长期间若叶片过多，可将外部少数老叶摘除，以利花梗抽出。

繁殖方法 FAN ZHI FANG FA

马蹄莲繁殖以分球繁殖为主。植株进入休眠期后，剥下块茎四周的小球，另行栽植。也可播种繁殖，种子成熟后即行盆播。发芽适温20℃左右。

也可用分球繁殖。马蹄莲通常在秋后植球，床植行距25厘米，株距10厘米。用肥沃而略带黏质的土壤，如：可用园土2份、砻糠灰1份、再稍加些骨粉或厩肥，也可用细碎塘泥2份、腐叶土(或堆肥)1份、加入适量过磷酸钙和腐熟的牛粪配制的土。植后覆土3～4厘米，20天左右即可出苗。

病虫害防治 BING CHONG HAI FANG ZHI

危害马蹄莲的虫害主要是二点叶螨，也就是

棉叶螨及棉红蜘蛛。一旦发现，应及时摘除病叶并集中烧毁，定期喷洒40%的三氯杀螨醇1000倍液或20%的好年冬2000倍液。

主要病害是软腐病。应及时拔除病株，用200倍福尔马林对栽植穴进行消毒，尽量避免连作，及时排涝，使空气流通，发病时喷洒波尔多液。

马蹄莲花事问答

马蹄莲目前有哪些品种?

目前常见栽培的有3个品种：①白梗马蹄莲，块茎较小，生长较慢，但开花早，着花多，花梗白色，佛焰苞大而圆。②红梗马蹄莲，花梗基部稍带红晕，开花稍晚于白梗马蹄莲，佛焰苞较圆。③青梗马蹄莲，块茎粗大，生长旺盛，开花迟。花梗粗壮，略呈三角形。佛焰苞端尖且向后翻卷，黄白色，体积较上两种小。除此之外，同属还有常见的栽培种，如黄花马蹄莲：深黄，花期7～8月，冬季休眠。红花马蹄莲：矮生，花期6月。银星马蹄莲：叶具白色斑块，佛焰苞白色或淡黄色，基部具紫红色斑，花期7～8月，冬季休眠。黑心马蹄莲：深黄色，喉部有黑色斑点。

如何采摘马蹄莲?

马蹄莲鲜花的采摘时机与季节及销售好坏等因素有关，一般在上午进行。冬季温度较低，鲜花采摘后生长缓慢，故采摘不宜太早，春夏季节鲜花采摘后在水中仍可较快生长，所以看到内部花柱后即可采摘，夏天可早晚各采一次。另外鲜花流通得较快时可稍大采摘，若采摘后须储存则稍小采摘。对不同客户可根据其不同要求进行采摘，充分满足客户需求。 在采摘技巧上要注意，采摘时应手握鲜花的根部垂直向上用力拔起鲜花，如果手握部位偏上容易将鲜花拔断，若用力太偏容易对植株造成伤害甚至将生长势弱的植株连根拔起。鲜花包装及储存技术：马蹄莲鲜切花采摘后应及时进行包装存放，一般十支为一束，将十支鲜花头部对齐并拢用窄胶带将花颈部、中部及下部分别捆扎，一般鲜花保留80厘米后将其余尾部切除，且应注意每支鲜花尾部都应切去一些，以利于水分向上部输送。鲜花包装后应及时垂直放于水桶中且置于阴凉处存放，应注意保持水的清洁且应浸过花茎2/3高度。

Piao xiang teng 飘香藤

别名 双喜藤、文藤

科属 夹竹桃科巴西素馨属

花语 美好的爱情

实际应用 SHI JI YING YONG

飘香藤花大色艳，株形美观，被誉为热带藤本植物的皇后。室外栽培时，可用于篱垣、棚架、天台、小型庭院美化。因其蔓生性不强，也适合室内盆栽，可置于阳台做成球形及吊盆观赏。栽培几株飘香藤，能使庭院及阳台充满异国情调。

产地及习性 CHAN DI JI XI XING

原产于南美洲。性喜温暖湿润及阳光充足的环境，也可置于稍阴蔽的地方，但光照不足开花会减少。生长适温为20℃～30℃，对土壤的适应性较强，但以富含腐殖质、排水良好的沙质壤土为佳。

栽培管理 ZAI PEI GUAN LI

室外栽培不宜植在过于低洼的场所，以免积水引起缺氧而生长不良。室内盆栽北方可用腐叶土加少量粗沙，南方可使用塘泥、泥炭土、河沙按5:3:2混合配制。在生长期，可适量追施复合肥3～5次，但应控制氮肥施用量，以免营养生长过旺而影响生殖生长，使开花减少。在养护过程中，要适当控制浇水，以形成发达的根系。飘香藤抗逆性强，较少感染病害，因此在生长期，每月喷洒一次杀菌剂即可对病害起到预防作用。

花期过后即可进行修剪，如果是一两年生植株，可进行轻剪，修剪主要是为了整形。多年生老株可于春季进行强剪，以促其萌发强壮的新枝。

繁殖方法 FAN ZHI FANG FA

飘香藤一般用扦插法繁殖，可于春、夏、秋季进行，也可用组织培养方法进行快繁。

病虫害防治 BING CHONG HAI FANG ZHI

常见虫害为蚜虫，可用80％敌敌畏乳油800~1000倍液或一遍净1000倍液喷洒植株进行防治。

飘香藤花事问答

飘香藤喜湿润，那怎样判断盆花是否缺水呢?

浇水是养花的一项经常性的管理工作，盆土是否缺水是件较难掌握的事，因此不少花友常为此感到苦恼，现将养花行家判断是否缺水的经验简介如下：

1. 敲击法。用手指关节部位轻轻敲击花盆上中部盆壁，如发出比较清脆的声音，表示盆土已干，需要立即浇水；若发出沉闷的浊音，表示盆土潮湿，可暂不浇水。

2. 目测法。用眼睛观察一下盆土表面颜色有无变化，如颜色变浅或呈灰白色时，表示盆土已干，需要浇水；若颜色变深或呈褐色时，表示盆土是湿润的，可暂不浇水。

3. 指测法。手指轻轻插入盆土约2厘米深处摸一下土壤，感觉干燥或粗糙而坚硬时，表示盆土已干，需立即浇水；若略感潮湿、细腻松软的，表示盆土是湿润的，可暂不浇水。

4. 捏捻法。用手指捻一下盆土，如土壤粉末状，表示盆土已干，应立即浇水；若变成片状或团粒状，表示盆土潮湿，可暂不浇水。

以上测试方法均为经验之谈，它只能告诉人们盆土干湿的大概情况，如需要准确知道盆土干湿程度，可购一支土壤温度计，将温度计插入土里，即可看到刻度上出现“干燥或湿润”等字样，便可确切知道何时该浇水。

盆花浇水不足有什么害处?

盆花由于土壤少，蓄水不多，在花卉生长季节需要注意经常补充水分，才能保证花卉正常生长。若水分供应不足，叶片及叶柄会皱缩下垂，花卉出现萎蔫现象。如果对花卉长期供水不足，则较老的和植株下部的叶片就会逐渐黄化而干枯。多数花草若长期处于干旱状态下，植株矮小，叶片失去鲜绿光泽，甚至整株枯死。一些养花者唯恐浇水过量，浇水时每次都浇“半腰水”，即所浇的水量只能湿润表土，而下部土壤是干的，这种浇水法，也同样会影响花卉根系发育，也会出现上述不良现象。因此，浇水应见干见湿，浇就浇透。

Y uan yang mo li 鸳鸯茉莉

别名 番茉莉、二色茉莉

科属 茄科鸳鸯茉莉属

花语 两情相悦

实际应用 SHI JI YING YONG

鸳鸯茉莉生势较弱，但分枝多，一树双色花，且芳香，适用于楼宇、庭院、公园等地点缀或作花篱，亦可盆栽观赏。

产地及习性 CHAN DI JI XI XING

鸳鸯茉莉原产于美洲热带地区。其性喜高温、湿润、光照充足的气候条件，喜疏松肥沃的土壤，耐半阴，耐干旱，耐瘠薄，忌涝，畏寒冷，生长适温为18℃~30℃。

栽培管理 ZAI PEI GUAN LI

家庭盆栽宜用腐叶土、菜园土和沙按5∶3∶2混合作培养土，忌用黏性土，否则易烂根。种植时在盆底放一层碎硬塑料泡沫块，增强透气、排水，防烂根，并在培养土中加100~150克骨粉或氮磷钾复合肥。每年早春翻盆换土，宜留宿土1/3左右。

生长季节要常浇水，并向叶面喷水，保持盆土稍偏湿润而不涝为好，渍水易烂根。冬季休眠期盆土微润不干即可。它喜肥，生长期10~15天施一次氮磷钾复合肥，忌单施氮肥，否则枝叶徒

长而花稀少，休眠期不施肥。

生长期宜置于向阳庭院、屋顶花园或南向、西向阳台上，但盛夏的中午前后要稍遮阳，此时强光暴晒叶易黄。冬季在气温降至5℃左右时搬入室内，置于阳光充足的窗台上，3℃以上可安全越冬，20℃左右还能继续开花。

置于阳台上的鸳鸯茉莉要注意修剪，常保持30~40厘米高的圆形树冠较美，早春翻盆换土时，留15~20厘米高重剪一次，剪下的健壮枝条可作繁殖用，开花后将残花、内膛枝等轻度修剪即可。

繁殖方法 FAN ZHI FANG FA

一般用扦插进行繁殖。春插取2年生枝条，秋插取当年生半成熟枝条作插穗，每条长10厘米左右，除去下部叶片，沾维生素B_{12}后插于素培养土中，用塑料薄膜密封覆盖，保持

80%~90%的湿度，60天左右可生根。秋插者留苗床越冬，翌春上盆。此外还可进行压条繁殖。秋季选靠近盆面的枝条，环剥皮1.5~2厘米，在入土后50~60天可生根，春压者秋季剪离母株定植，秋压者翌春剪离母株定植。

病虫害防治 BING CHONG HAI FANG ZHI

鸳鸯茉莉抗性较强，病虫害极少，偶见有蚜虫和天牛的危害。可喷施10%吡虫啉(一遍净)可湿性粉剂1000~1500倍液，或21%增效氰马乳油(灭杀毙)4000倍液进行防治。

鸳鸯茉莉花事问答

茉莉花分为哪几种？

茉莉有三大种：一是产于印度的木樨科的，有单瓣与重瓣之分。二是非洲茉莉，叶对生，椭圆形，先端突尖，全缘，革质。夏季开花，伞形花序，花冠长管状，五裂，白色，蜡质，清郁芳香，可作婚礼花束。果实椭圆形，大如土芒果。三是产于美洲的鸳鸯茉莉，别名番茉莉、二色茉莉，为茄科、鸳鸯茉莉属常绿小灌木，株高约近1米，盆栽常整形成小乔木样。

盆栽茉莉为何生长繁茂而不开花？

盆栽茉莉，有时会出现枝繁叶茂、生长得很好，但就是不开花或开花很少的现象。这主要是养护不得法所造成的。一般的说，茉莉枝叶旺长，开花就会很少(或不开花)。遇到这种情况，首先，必须适当停水停肥，待顶芽出现萎蔫时再浇水、施肥(要多施速效性磷、钾肥)以抑制枝叶旺长，促使花芽发育。造成上述情况，主要是生育期间施氮肥过多而又缺少磷、钾肥，致使植株徒长，影响花芽的形成，导致不开花或开花很少。其二，立即将茉莉移到阳光充足的地方，因茉莉喜阳光充足而不耐阴蔽。茉莉生长期由于阳光不足，过于阴蔽，也容易形成徒长。将其移到阳光充足的地方，是因为阳光中的紫外线有抑制枝叶生长的作用。另外，短剪时不能超过枝条的1/3，否则也会引起枝叶的旺长。

紫叶酢浆草

i ye zha jiang cao

别名 红叶酢浆草

科属 酢浆草科酢浆草属

花语 爱国

实际应用 SHI JI YING YONG

紫叶酢浆草植株整齐，叶色紫红，紫红色叶片美丽诱人，粉红色花朵烂漫可爱。盆栽用来布置花坛，点缀景点，线条清晰，富有自然色感，是极好的盆栽和地被植物。可以作为林园植物或大面积片植观赏。

产地及习性 CHAN DI JI XI XING

原产南美巴西，是一种珍稀的优良彩叶地被植物，我国已成功引种。

喜湿润、半阴且通风良好的环境，也耐干旱。较耐寒，温度低于 5℃时，植株地上部分受损。生长迅速，覆盖地面迅速，又能抑制杂草生长。宜生长在富含腐殖质、排水良好的沙质土中。全日照、半日照环境或稍阴处均可生长，生长适温24℃～30℃。

栽培管理 ZAI PEI GUAN LI

紫叶酢浆草管理比较粗放，适应性强。分株时宜选在生长期，将植株从花盆磕出或者从地上掘起，抖掉部分宿土，露出根部，用手掰或者用利刀分成一块一块的，每块芽眼至少带有三片叶子，没芽眼的可插在湿润的素沙中，保持12℃～15℃催芽。分株后立即在伤口上涂抹草木灰防腐，然后直接栽在预备好的花盆里或者预定的场地，栽好后浇足水，以后保持土壤略干，等长了新叶后再恢复日常的水肥管理。

生长期要求光照不宜过强，否则叶片色彩暗淡。保持较高的空气湿度，浇水时注意避免土壤沾污叶片，影响观赏效果。每月施肥一次。叶片向光性较强，需经常转换盆缸位置。每年需重新栽植更新。

繁殖方法 FAN ZHI FANG FA

以分株为主，也可播种或采用组培法繁殖。分株繁殖，即分植球茎，全年皆可进行。分株时先将植株掘起，掰开球茎分植，也可将球茎切成小块，每小块留3个以上芽眼，放进沙床中培育，15天左右即可长出新植株，待生根展叶后移栽。播种繁殖在春季盆播，发芽适温15℃～18℃。

病虫害防治 BING CHONG HAI FANG ZHI

病害有根腐病和叶斑病，可用50%托布津可湿性粉剂500倍液喷洒。虫害有蚜虫，用40%乐果乳油2000倍液喷杀。

紫叶酢浆草花事问答

紫叶酢浆草有哪些形态特征和习性?

多年生草本植物，株高15～30厘米。地下部分生长有鳞茎，鳞茎会不断增生。叶丛生于基部，为掌状复叶。整个叶面由三片小叶组成，每片小叶呈倒三角形或倒箭形，叶片颜色为艳丽的紫红色，部分品种的叶片内侧还镶嵌有如蝴蝶般的紫黑色斑块。紫叶酢浆草几乎全年都会开粉红带浅白色的伞形小花，如遇阴雨天，粉红带浅白色的小花只含花苞但不会开放。紫叶酢浆草另一个有趣的现象是会有睡眠状态，到了晚上叶片会自动聚合收拢后下垂，直到第二天早上再舒展张开。

紫叶酢浆草叶形奇特，叶色深紫红，小花粉白色，色彩对比感强，且植株姿态俊美，雍容秀丽，绚丽娇艳，因此无论是在种植还是在使用上都具有很大的自主性、选择性、灵活性。其最大的特点是叶片和花朵的形状奇特、色彩艳丽醒目、植株高雅、形态别致、多年生、抗性好、管理粗放、耐寒和不会发生严重的病虫害。

除了可以当作盆栽植物栽种作为观赏外，也可栽植于庭院草地，或大量使用于住宅小区，园林绿化以及道路河流两旁的绿化带，让其蔓连成一片，形成美丽的紫色色块。若与其他绿色和彩色植物配合种植就会形成色彩对比感强烈的不同色块，产生立体感丰富、层次分明、凝重典雅的奇特效果，显示出其庄重秀丽的特色，能够进一步增强人和自然的亲和力。

D a ye luo di sheng gen 大叶落地生根

别名 落地生根

科属 景天科伽蓝菜属

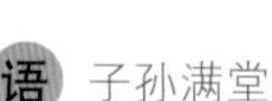
花语 子孙满堂

产地及习性 CHAN DI JI XI XING

原产非洲马达加斯加岛的热带地区，为多年生草本植物。喜温暖及阳光充足，耐干旱，生长适温13℃～19℃，越冬温度7℃～10℃，要求排水良好、肥沃的沙质壤土。

栽培管理 ZAI PEI GUAN LI

栽培管理粗放。盆栽时可用腐叶土 3 份和沙土 1 份混合作基质。对新上盆的小苗要及时摘心，促进分枝。对于较老的植株，其茎半木质化、脱脚且多弯曲不挺立，观赏价值降低，应予以短截，使其萌发新枝。平时浇水要待干透再浇，不必担心会干死，施肥不必过勤，否则会造成旺长，并有可能造成植株腐烂，生长季每月施 1～2 次肥即可。盛夏要稍遮阳，其他季节都应

实际应用 SHI JI YING YONG

大叶落地生根植株匀称，叶片缺刻处的不定芽易落地生根，长成新株，这种独特的繁衍方式常引起人们的兴趣。多盆栽观赏，适合卧房、阳台及案几摆放观赏。

有充足的光照，否则叶缘的色彩将消失。秋凉后要减少浇水，冬季入室后室温只要保持 0 ℃以上就能越冬，但盆土应稍微保持湿润。

繁殖方法 FAN ZHI FANG FA

常用扦插法繁殖，也可用不定芽和播种法繁殖，扦插繁殖在温室内可全年进行，但以5～6月为最好，采用叶插，一周后即可形成小植株，选用较大的不定芽可直接上盆种植。播种繁殖一般较少使用，在温度20℃的条件下，播后12～15天发芽。

病虫害防治 BING CHONG HAI FANG ZHI

主要有灰霉病、白粉病危害，可用70%甲基托布津可湿性粉剂1000倍液喷洒。虫害有介壳虫和蚜虫危害，用40%乐果乳油1000倍液喷杀。

大叶落地生根花事问答

大叶落地生根有哪些形态特征?

一般株高50~100厘米，茎单生，直立，褐色。叶交互对生，叶片肉质，长三角形，叶长15~20厘米、宽2~3厘米以上具不规则的褐紫斑纹，边缘有粗齿，缺刻处长出不定芽。复聚伞花序、顶生，花钟形，橙色。

在温度高、空气湿度大的环境中，生长迅速，容易倒伏，朝向地面一侧常密生白色气生根，遇到土壤能很快插入土中，不断增粗，成为吸收根。叶片肥厚而多汁，灰绿色、三角形，交错对生于茎上，一般成年植株叶片长达10~20厘米，宽2~5厘米。植株幼小时叶片较平展，长大后叶片容易弯曲翻卷，叶背面有不规则鱼鳞状紫色斑纹，叶缘锯齿较深，遇到干旱或不利环境，锯齿中间靠近叶背一侧，能很快生出具有2~4片真叶的幼苗。排列整齐有序，轻触即落，遇到土壤很快生出白色须根，成为新的个体，这是它最基本的繁殖方式，其名也由此而来。

我的落地生根在屋里放着，到冬天的时候就有点蔫了，怎么回事?

如果这类植物萎蔫，主要是温度低、浇水勤、施肥所致。

温度需要在10℃以上，最好保持在20℃左右。它的最佳生长温度为20℃~30℃。

萎蔫因温度不高，施肥、浇水不当造成的可能性最大，这类植物因季节不同养护上而有所差异。夏季生长旺盛，需要充足的水分与肥料，而在冬季温度下降后，则需要保持盆土干湿交替，盆土在干燥的情况下再浇水，在冬季最好不要施肥。如果在室内没有提供足够的光照，也会影响正常的生长。

虎耳草

实际应用 SHI JI YING YONG

虎耳草目前已经鉴定的约有300种，其中有许多种于岩石庭园和花园边缘。其茎长而匍匐下垂，茎尖着生小株，犹如金线吊芙蓉。可用于岩石园绿化，或盆栽供室内垂挂。它还是我国传统中草药。

产地及习性 CHAN DI JI XI XING

原产于温带、副热带和高山地区，我国华东、中南、西南都有分布。性喜半阴、凉爽、空气湿度高、排水良好的环境。不耐高温干燥，在夏、秋炎热季节休眠，入秋后恢复生长。

栽培管理 ZAI PEI GUAN LI

可选用腐殖土或泥炭土、细沙土混合作为栽培基质，要求质地疏松、排水良好。每隔一年于早春换一次盆。喜半阴、凉爽、空气湿度高的环境，可放置于室内具有散射光的地方培养，避免日光直射。

春秋凉爽季节为虎耳草生长旺季（5~9月份），移到室外阴湿处养护效果更好，需增加浇水，注意通风并避免肥水污染叶面。最适温度为15℃~25℃。此时盆土应经常保持湿润，并经常喷水以提高周围环境湿度，但不能积水。生长期每两周施稀薄腐熟饼肥或花肥（氮肥）一次，肥料需从叶下施入，以免沾污叶面和影响生长。

夏季为避免其休眠，应适当降温增湿，盆土保持湿润而不积水。常向叶面喷水，保持湿润的小气候。开花后有一段休眠期，须适当控制水分，保持盆土不干即可，过湿易烂根。入秋恢复生长后，冬季移入室内养护，置于窗台

阳光充足处，温度在8℃左右即可安全越冬。

繁殖方法 FAN ZHI FANG FA

虎耳草适应性强，在瘠薄土地上也能生长。有播种法和分株法繁殖，播种在3~4月份进行，约半月后即可出苗。其中常用后者进行繁殖。分株四季都可进行，以春、秋两季为最佳时节。生产上还可取匍匐枝顶端的幼株另行栽植来繁殖。繁殖可随时剪取茎顶已生根的小苗移植，每盆植数株，上盖玻璃保湿，成长后再分盆定植。如植于岩石园，可植于岩石北面，以免阳光直晒。若是盆栽，每盆栽一苗，可悬挂于窗前檐下，任其匍匐下垂。需经常喷水提高周围环境湿度。

病虫害防治 BING CHONG HAI FANG ZHI

病虫害有灰霉病、叶斑病、白粉病和锈病。灰霉病和叶斑病用65%代森锌500倍液喷洒防治，白粉病和锈病用15%粉锈宁800倍液喷雾防治。

虎耳草花事问答

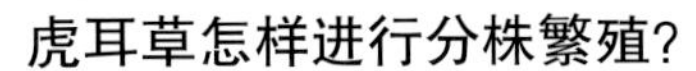

虎耳草怎样进行分株繁殖?

虎耳草多用分株繁殖。当植株生长至一定大小时，母株发出的匍匐茎的末端常会长出小植株，可在春末至秋季将小植株剪下，集中在一个较大的花盆中，加盖玻璃或塑料薄膜，注意保持较高的湿度，待根系长好后再分栽到小盆中。也可将剪下的幼株直接种在小盆中，将小盆放在阴湿处，两周左右可恢复生长。

如何盆栽虎耳草?

虎耳草盆栽以富含有机质且排水良好的沙质壤土为最好，可用腐叶土、泥炭土、河沙等量混合而成。除在种植时施少量腐熟基肥外，生长季每月施液肥1～2次。它喜温暖，生长适温为15℃～25℃，越冬温度为5℃，但花叶品种耐寒力较差，越冬温度为15℃。它喜阴湿，生长季需要较高的湿度，盆土须经常保持湿润而不积水，夏季除适当浇水外，以喷雾提高空气湿度，春夏季开花后有一短暂的休眠期，此时可适当少浇水，保持盆土不干即可，太湿易腐烂。虎耳草要求在半阴条件下栽培。光照太强，易使叶片灼伤；光线太弱，叶片色彩不鲜艳，所以光照强的春季一般遮阳50%～60%，冬季给予较明亮的散射光。

iao ye luo han song

X 小叶罗汉松

别名 土杉、罗汉杉

科属 罗汉松科罗汉松属

花语 坚贞不移

实际应用 SHI JI YING YONG

小叶罗汉松为罗汉松的一个变种，呈小乔木或灌木状，叶短而密生，枝叶婆娑，苍古矫健，姿态动人。生长季节萌发新梢，其嫩绿新叶点缀于浓绿叶丛之间，颇为美观，是一种上等的盆景制作材料，尤其对制作微型盆景更是首选对象。

产地及习性 CHAN DI JI XI XING

原产于中国西南部及日本。性喜温暖湿润和肥沃的沙质壤土，在沿海平原也能生长。不耐严寒，但寿命长。

栽培管理 ZAI PEI GUAN LI

盆栽可用腐叶土或草炭土加1/4的河沙，并混入少量骨粉作基肥。当室外气温稳定在10℃左右时，移到室外南向阳台或庭院背风向阳处养护，入夏后移至疏阴处，经常保持盆土湿润，注意防止干旱和水涝。罗汉松不需要浓肥，春秋两季各施2~3次以氮肥为主的稀薄液肥即可。对已成型植株，注意摘心和修剪，经常短剪突出的枝

梢，使树冠层次分明。摘心修剪时间一般宜在春秋生长季节进行，秋末气温下降至5℃时入室。入室后禁肥控水，室温保持在7℃左右为宜，室温过高对来年生长不利。一般每隔1~2年翻盆换土一次，换盆宜在春秋季进行，换盆时适当剔除衰老腐朽的须根，同时修剪过密枝条，常保株姿匀称完美。

繁殖方法 FAN ZHI FANG FA

通常播种和扦插均可繁殖。种子最好随采随播，不能贮藏过夏。播时先浸种数日，待种子充分吸水膨胀再行条播或点播，覆土3厘米。在西南地区需盖草保护越冬，其他地区均需盆播，播后移入低温温室越冬。

罗汉松的播种苗一般生长较快，秋后即可分苗移栽。扦插繁殖：入夏气温达到24℃~30℃时，可在温室大棚或在阴棚下再搭设塑料小棚进行扦插，插穗剪取母株外围长15厘米左右、稍具木质化的顶梢，把削口浸入500ppm的吲哚乙酸溶液中约一分钟后即行扦插。扦插基质可用经过消毒的蛭石、草炭土或河沙与草炭土各半混合的基质，插后把容器（苗盆或插箱）排放在遮阳的温室或塑料小棚内，浇透水。每天定时喷雾并适当通风，保持相对湿度在80%以上。

病虫害防治 BING CHONG HAI FANG ZHI

主要有叶斑病和炭疽病危害，用50%甲基托布津可湿性粉剂500倍液喷洒。虫害有介壳虫、红蜘蛛和大蓑蛾危害，可用40%氧化乐果乳油1500倍液喷杀。

小叶罗汉松花事问答

罗汉松盆栽有哪些要点?

备好插苗土：将配制的培养土装在育苗盆内，经过阳光照射、干燥，每隔一段时间用铲刀翻一下并浇一次水(10天或1个月均可)，时间长了盆土既疏松，又服盆，保肥保水性能良好，很适宜一般根系细弱的种类生长。

移植莫伤根：种植前先用小铲刀将盆土疏松一下，从中铲出三分之一培养土备用。然后将罗汉松扦插苗移出，轻轻抖掉多余沙壤，将完好的根系随植株放入盆中，加入原盆铲出的部分培养土浇水扶正，再喷雾水，使土壤与根系平服结合，保持较好的团粒结构。这正是植物初植成活的关键一步。

淡肥勤养护：扦插苗移植上盆后，日常管理中用喷壶浇水，30天后可施一次稀肥水。平时通过检查巡视，发现问题，灵活掌握肥水供应量。一般情况下壮苗多施、弱苗少施或不施。要摆放在光照、通风较好的地方，给植物提供一个好的生长生态环境，才能达到种一株活一株的目标。

种植罗汉松有哪些常识?

罗汉松，喜温暖湿润和半阴环境，耐寒性略差，怕水涝和强光直射，要求肥沃、排水良好的沙壤土。

繁殖：常用播种和扦插繁殖。播种，8月采种后即播，约10天后发芽。扦插，春秋两季进行，春季选休眠枝，秋季选半木质化嫩枝12～15厘米，插入沙、土各半的苗床，约50～60天生根。

移植：移植以春季3～4月最好，小苗需带土，大苗带土球，也可盆栽。栽后应浇透水。生长期保持土壤湿润。盛夏高温季节需放半阴处养护。冬季盆栽注意防寒，盆钵可埋入土内，并减少浇水。

迷迭香

Mi die xiang

别名　海洋之露

科属　唇形科迷迭香属

花语　留住回忆

产地及习性 CHAN DI JI XI XING

迷迭香原产于地中海地区。性喜温暖气候，高温期生长缓慢，冬季没有寒流的气温较适合它的生长。由于迷迭香叶片本身属于革质，较能耐旱，因此用富含沙质、排水良好的土壤栽培有利于其生长。

栽培管理 ZAI PEI GUAN LI

迷迭香喜欢日照充足的场所，全日照或半日照都可以。栽培介质要排水良好，盆栽栽培时，可以用市售栽培土、混合蛭石及珍珠石（约2:1:1）使用，如果栽培介质排水不良，易因浇水过多而引起根腐，并导致叶片大量掉落。如果是买市面上贩售的盆栽，建议回家后最好能更换成排水较佳的介质。生育适温约8℃～28℃，在台湾栽培，只要避开长期雨淋，都可生长良好。迷迭香的枝条生长快速，最好能定期修剪，以维持较好的株形及生长形势。水分供应方面由于迷

实际应用 SHI JI YING YONG

迷迭香是一种名贵的天然香料植物，它的茎、叶和花具有宜人的香味，花和嫩枝提取的芳香油，可用于调配空气清洁剂、香水、香皂等生活用品原料。作为药物可治疗神经性疾患和制作治疗头痛、风湿的药膏。近年又发现还是理想的天然防腐剂，也可作观赏植物地栽或盆栽。

迭香叶片本身就属于革质，较能耐旱，因此栽种的土壤以富含沙质使其能排水良好，有利于生长发育，值得注意的是迷迭香生长缓慢，这也意味着它的再生能力不强，修剪采收时就必须要特别小心，尤其老枝木质化的速度很快，一下子太过分的强剪常常导致植株无法再发芽，比较安全的做法是每次修剪时不要超过枝条长度的一半。

繁殖方法 FAN ZHI FANG FA

可以用播种或扦插法繁殖。扦插法可选取较健康的枝条，从顶端算起约10～15厘米处剪下，去除枝条下方约1/3的叶子，直接插在介质中，或先插于速大多1000倍溶液中，2小时后再扦插，介质保持湿润，约3～4周即会发根。发芽适温约为15℃～20℃，种子有趋光性，将种子直接播在介质上，不需覆盖，约2～3周后发芽。迷迭香并不是很重肥的植物，每3个月施一次肥即可。

病虫害防治 BING CHONG HAI FANG ZHI

主要病害有锈病、斑枯病等，可用50%托布津800~1000倍液防治。香草害虫较少，但幼苗期仍需注意防蚜虫、夜蛾、蓟马等，可用20%蚜克星800～1000倍液、30%吡虫啉1000倍液喷雾防治。

迷迭香花事问答

直立型迷迭香如何进行田间栽培?

耕地：耕地深度一般为20～30厘米，耕地时剔除杂草，有条件的用化学除草剂先除尽地里的杂草。

平地垄畦：种植迷迭香的地，要求平整，方便排水，沟道深为20～30厘米，宽20厘米以上。畦的宽度为1.2～1.5米，太宽浇水不便，太窄又降低了土地利用率。

移栽：迷迭香的大田移栽苗是扦插枝生根成活的母苗。移栽株行距为40×40厘米，每亩种植数量为4000～4300株。平整好的土地按株行距先打塘，施少量底肥，然后在底肥上覆盖薄土，就可以移栽了。移栽后要浇足定根水，浇水时不可使苗倾倒，如有倒伏要及时扶正固稳。栽植迷迭香最好选择阴天、雨天和早、晚阳光不强的时候。栽后5天（视土壤干湿情况）浇第二次水。待苗成活后，可减少浇水。发现死苗要及时补栽，栽植时要以塘距之间塘中为点成直线，以利通风。

施肥：迷迭香较耐瘠薄，幼苗期根据土壤条件不同在中耕除草后施少量复合肥，施肥后要将肥料用土壤覆盖，每次收割后追施一次速效肥，以氮、磷肥为主，一般每亩施尿素15千克，普通过磷酸钙25千克或迷迭香专用肥25千克。

枝茎的修剪：迷迭香种植成活后3个月就可修枝。应注意的是迷迭香生长缓慢，这也意味着它的再生能力不强，修剪采收时就必须要特别小心。尤其老枝木质化的速度很快，过分的强剪常常导致植株无法再发芽，比较安全的作法是每次修剪时不要超过枝条长度的一半。

采收：迷迭香一次栽植，可多年采收，采收以枝叶为主，可用剪刀或直接以手折取。但必须特别注意伤口所流出的汁液很快就会变成黏胶，很难去除，因此采收时必须戴手套并穿长袖服装。采收次数可视生长情况，一般每年可采3～4次，每次采收每亩至少为250～350千克。

eng peng xiang

碰碰香

别 名 豆蔻天竺葵

科 属 牻牛儿苗科天竺葵属

花 语 渴望爱

实际应用 SHI JI YING YONG

宜盆栽观赏，因触碰后可散发出令人舒适的香气而享有“碰碰香”的美称。又因其香味浓甜，颇似苹果香味，故又享有“苹果香”的美誉。宜放置在高处或悬吊在室内，也可作几案、书桌的点缀品。打汁加蜜生食能缓解喉咙痛，煮成茶饮可缓解肠胃胀气、感冒症状，捣烂后外敷可消炎消肿并可保养皮肤。

产地及习性 CHAN DI JI XI XING

原产非洲好望角。喜阳光，但也较耐阴。怕寒冷，需在温室内栽培。不耐水湿，喜疏松、排水良好的土壤。冬季需要5℃～10℃的温度。

栽培管理 ZAI PEI GUAN LI

碰碰香属亚灌木状多年生草本，全身有柔毛，茎细瘦，匍匐状，分枝多。其管理非常简单，很容易成活。

它不耐水湿，湿则植株烂根、死亡。因常年在温室中培养，要求空气流通、新鲜，否则易遭介壳虫为害。春、夏季开花。阴天应减少或停止浇水、施肥。因分枝极多，以水平面生长，所以植株的株距宜宽大，才能使枝叶舒展。盆下宜垫花盆，以避免盆边的枝条触及花架。

繁殖方法 FAN ZHI FANG FA

扦插法繁殖，约20天左右可生根，生根后即可移植在小花盆中。规模生产可采用植物非试管快繁技术进行繁殖，7天即可以生根，生根速度快，根繁异常发达，成活率高，繁殖系数高。每平方米可以繁殖600~800株以上，成本极低，少量母本引进即可在较短的时间内繁殖出成千上万的种苗。

病虫害防治 BING CHONG HAI FANG ZHI

一般的虫害有介壳虫，应以预防为主。介壳虫多在5～9月份危害最严重，通常在闷热而又通风不良的环境下最常发生。因此，日常管理应特别注意环境通风，避免过分潮湿。有少量介壳虫时，可用毛刷、软牙刷、牙签等人工清除虫体，再用水冲洗干净。采用药物防治时，在其若虫孵化不久，尚未形成蜡质壳时进行，采用的农药可用40%乐果或氧化乐果乳油1000倍液。另外，要特别注意的是，介壳虫易对药物产生抗性，要掌握好农药的使用浓度和交替使用农药。

碰碰香花事问答

为什么不能施未腐熟肥料?

一些花卉爱好者，常把臭鸡蛋、鸡鸭鱼的内脏、肉皮、生马粪、饼肥等埋入盆土中，本想这样可以增加养分，使花卉花繁叶茂，结果事与愿违，反而伤害了花卉，这是为什么呢？因为花卉生长发育是依靠吸收土中经过发酵溶解于水中的氮、磷、钾、镁、铁等各种营养元素的，而上述食物未经发酵即直接埋入盆内，施后遇水分进行发酵产生高温，会直接烫伤花卉根系，加上微生物活动，造成土壤缺氧，致使花卉死亡。同时，未腐熟肥料在发酵时会产生一种臭味，招来蝇类产卵，蛆虫也能咬伤根系，危害花卉生长，臭味还能污染环境。所以养花一定要注意施用充分腐熟的肥料，才能保证花卉生长发育良好。

施用浓肥有什么害处?

施液肥浓度过大，往往会导致花卉枝叶枯黄，甚至整株死亡。这是什么原因呢？因为在正常情况下，植物根毛细胞液的浓度比土壤溶液浓度大，因而两者的渗透压不同，这时土壤溶液可以不断地往根毛细胞里渗透，根毛能从土壤中吸收水分和养分，供给花卉生长发育。如果施液肥浓度过高（其浓度大于细胞液浓度），就会出现反现象，即细胞液反而向土壤溶液渗透，使根细胞失水，引起质壁分离，严重时造成植株枯萎而死。其道理与家庭腌咸菜类似，将盐、菜放入水缸内，不需多久，盐水变淡，菜变得萎蔫了。这种现象多发生在施化肥过多时，若施沤制液肥过浓也会发生类似现象。因此盆花施化肥液浓度不可过高，一般以0.1%左右为宜，施用沤制的液肥时也需稀释5～10倍为妥。

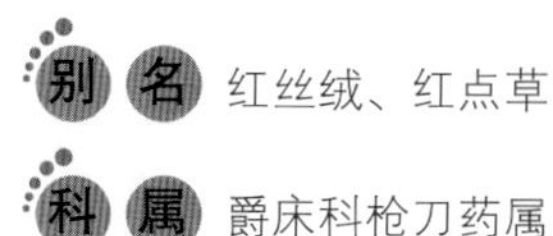

Qiang dao yao 枪刀药

别名 红丝绒、红点草

科属 爵床科枪刀药属

花语 抚慰伤口

实际应用 SHI JI YING YONG

枪刀药为爵床科多年生常绿草本，其汁液具有促进刀伤愈合的功能。其叶片上密集灰红色小斑点，因而又名红点草。这些红的斑点好像画师随意洒上的，奇特艳丽，也是人们所以乐意栽培欣赏的原因所在。

产地及习性 CHAN DI JI XI XING

原产南非马达加斯加岛，喜光照充足和高温高湿环境，怕干旱、干燥，适生于富含腐殖质、排水良好的酸性土壤中。

栽培管理 ZAI PEI GUAN LI

枪刀药春季出房后，要结合换盆，对植株进行一次整剪。盆栽可用园土、腐叶土按1:2混合配制培养土，此花叶片较薄，忌烈日，但光照不足又会引起徒长，叶不鲜艳。除盛夏6~9月要进行遮阳、保持60%的光照外，其他季节，每月要保证有半天的光照。炎夏酷暑须经常用清水喷洒叶面，冬季应把盆株置于温暖向阳的南向窗台上，室温不可过低，否则枝叶干枯。要求高湿环境，这是栽培的关键。生长期内，一定要经常使土壤湿润和有较高的环境湿度。春、夏季每半月或一个月施完全肥料或喷液肥一次，肥料宜带微酸性。

入冬进温室后，宜放置在阳光充足处，气温不宜低于10℃，盆土可略干些。早春，温室白天湿度较高时，盆土要适当增加浇水量。

繁殖方法 FAN ZHI FANG FA

一般用分株法进行繁殖。分株可于春季植株的茎基处萌生蘖芽时进行。将植株自盆中托出，抖去附着土，剪去老化叶片进行切割分栽，每蘖一盆，每盆一株。分栽后的植株不宜浇水过多，可用细孔壶喷水，并放置于阴蔽通风处，待其发出新根便可正常管理。

病虫害防治 BING CHONG HAI FANG ZHI

枪刀药很少发生病虫害。最常见的为根腐病，可用0.1%高锰酸钾浸泡或淋洗全株，并用净水冲洗后再上盆，盆土可事先用70%托布津1000倍液喷浇。

枪刀药花事问答

枪刀药扦插后怎样管理？

温度：插穗生根的最适温度为18℃～25℃，低于18℃，插穗生根困难、缓慢；高于25℃，插穗的剪口容易受到病菌侵蚀而腐烂，并且温度越高，腐烂的比例越大。扦插后遇到低温时，保温的措施主要是用薄膜把用来扦插的花盆或容器包起来；扦插后温度太高时，降温的措施主要是给插穗遮阳，要遮去阳光的50%～80%。

湿度：扦插后必须保持空气的相对湿度在75%～85%。可以通过给插穗进行喷雾来增加湿度，每天1～3次，晴天温度越高喷的次数越多，阴雨天温度越低喷的次数则少或不喷。

光照：扦插繁殖离不开阳光的照射，但是，光照越强，则插穗体内的温度越高，插穗的蒸腾作用越旺盛，消耗的水分越多，不利于插穗的成活。因此，在扦插后必须把阳光遮掉50%～80%。

枪刀药徒长的原因是什么？

1.光照不足。枪刀药性喜光照充足的高湿度环境，但要避免夏季直射光。光照不足会促使植株徒长，节间变长，叶子稀疏，株形也变得散乱，并会失去艳丽的叶色。因此要将盆株置于室内向阳处，并对徒长枝梢进行修剪。剪短过长枝，疏删过密枝，从而抑制徒长，使盆株整齐而丰满，生长旺盛。

2.施肥过多。枪刀药在生长发育过程中需肥量不大。一般春夏两季隔月浇肥水一次即可，冬季进入半休眠状态后，应停止施肥。生长期内施肥过多会引起植株徒长，株形杂乱。因此，平日管理要注意控制施肥次数和施肥量。

薰衣草

Xun yi cao

别名 灵香草

科属 唇形科薰衣草属

花语 等待爱情

实际应用 SHI JI YING YONG

薰衣草的花穗可以做干燥花和饰品。淡紫色、有香味的花和花蕾可以做香罐和香包，把干燥的花密封在袋子内便可做成香包，将香包放在衣柜内，可以使衣服带有清香，并且可以防止虫蛀。薰衣草的商业栽培，主要是要取得薰衣草的花来提取薰衣草精油，薰衣草精油可以作为杀菌剂和芳香疗法时使用的香精油。

产地及习性 CHAN DI JI XI XING

原产于地中海沿岸、欧洲各地及大洋洲列岛。性喜干燥，花形如小麦穗状，有着细长的茎干，花上覆盖着星形细毛，末梢上开着小小的紫蓝色花朵，窄长的叶片呈灰绿色，成株时高可达90厘米，通常在6月开花。

栽培管理 ZAI PEI GUAN LI

薰衣草为多年生小灌木，一般能利用10年左右，品种粗放，易栽培。喜阳光、耐热、耐旱、极耐寒、耐瘠薄、抗盐碱，栽培的场所需日照充足，通风良好。播种到开花（或采收）所需的时间为18～20周。薰衣草宜用大型容器栽培，但盆栽时为预防过湿可选用陶盆或较小的塑料盆，不宜使用大盆，除非已生长到相当的大小。

薰衣草无法忍受炎热和潮湿，若长期受涝根烂即死。室外栽种时注意不要让雨水直接淋在植

株上。5月过后需移置阳光无法直射的场所，增加通风程度以降低环境温度，保持凉爽，才能安然地度过炎夏。

繁殖方法 FAN ZHI FANG FA

主要用扦插进行繁殖。扦插一般在春、秋季进行。扦插的介质可用2/3的粗沙混合1/3的泥炭苔。选择发育健旺的良种植株，选取节距短、粗壮且未抽穗的一年生半木质化枝条顶芽，于顶端8～10厘米处截取插穗。插穗的切口应近茎节处，力求平滑，勿使韧皮部破裂。将底部两节的叶片去除，浸水2小时后再扦插于土中，约2～3个星期就会发根。

病虫害防治 BING CHONG HAI FANG ZHI

薰衣草少有虫害。病害主要是根腐病，在高温和积水环境下发病率最高。防治方法：用多菌灵、百菌清800倍溶液灌根，每月一次，特别是6～10月，注意防止积水，保持空气干燥。

薰衣草花事问答

如何对薰衣草进行日常管理？

土壤：适宜于微碱性或中性的沙质土。须特别注意选择排水良好的介质，可以使用1/3的珍珠石、1/3的蛭石、1/3的泥炭苔混合后使用。如是露地栽培时要注意土壤的排水，可将土堆高成畦后再种植。

浇水：薰衣草不喜欢根部常有水滞留。在一次浇透水后，应待土壤干燥时再给水，以表面培养介质干燥、内部湿润为度，叶子轻微萎蔫为主。浇水要在早上，避开阳光，水不要溅在叶子及花上，否则易腐烂且滋生病虫害。持续潮湿的环境会使根部没有足够的空气呼吸而生长不良，甚至突然全株死亡，栽培薰衣草失败的原因常常就在这里。

光照：薰衣草是全日照植物，需要充足的阳光及适湿的环境，能够给予全日照的环境较佳，半日照亦可生长，唯开花较稀少。夏季应至少遮去50%的阳光，并增加通风以降低环境温度，如此虽生长衰弱，但不至死亡。冬季薰衣草在平地即可生长良好，应在全日照下栽培。

温度：薰衣草为半耐热性，好凉爽，喜冬暖夏凉。生长适温为15℃～25℃，在5℃～30℃均可生长，长期高于38℃～40℃顶部茎叶枯黄。北方冬季长期在0℃以下即开始休眠，休眠时成苗可耐－20℃～－25℃的低温。

施肥：施肥可将骨粉放在盆土内当做基肥（每3个月用一次），小苗可施用花宝二号（20-20-20），成株后再施用含磷较高的肥料如花宝三号(20-30-20)。施淡肥。

修剪：薰衣草花朵的精油含量最丰富，利用时以花朵或花序为主，为方便收割，栽培初期的一些小花序不妨以大剪刀整个理平，使新长出的花序高度一致，有利于一次性收割。有些品种高度可达90厘米，也用这个方法使植株低矮，促使多分枝、开花，增加收获量。开完花后必须进行修剪，可将植株修剪为原来的2/3，株形会较结实，并有利于生长。修剪时要在冷凉季节如春、秋时分，一般在春天修剪，在秋天修剪会影响耐寒性。修剪时注意不要剪到木质化的部分，以免植株衰弱死亡。

一品红

Yi pin hong

别名 象牙红

科属 大戟科大戟属

花语 匡扶正义

实际应用 SHI JI YING YONG

一品红花色鲜艳，花期长，正值圣诞、元旦、春节开花，盆栽布置室内环境可增加喜庆气氛，极受百姓喜爱，也适宜布置会议室等公共场所。南方暖地可露地栽培，美化庭园，也可作切花。

产地及习性 CHAN DI JI XI XING

原产于墨西哥塔斯科地区，我国两广和云南地区有露地栽培。喜温暖、湿润和阳光充足的环境。

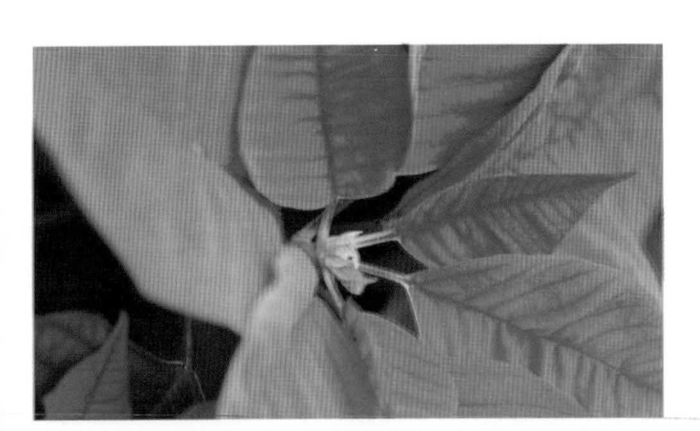

栽培管理 ZAI PEI GUAN LI

一品红喜欢温暖湿润通风的环境，不耐低温，过强的阳光照射跟光线不足都同样不利于生长。生长期间要做好肥水管理、摘心定头等养护工作。浇水时要注意防止过干过湿，否则会造成植株下部的叶子发黄脱落、枝条生长不均匀。夏季天气炎热时，应适当加大浇水量，但切勿盆内积水，以免引起根部腐烂，其他季节要具体看盆土干湿情况而定。

一品红对土壤的要求不严，一般肥沃的沙质土壤就行。换盆时应及时加入腐熟的有机肥作为基肥，在生长开花季节，每隔半个月左右施一次液肥。入秋后，可加施一些富含钾磷的肥，以促进花芽分化，保证苞叶艳红纯正。一品红进入生长期后，长势较快，这时一定要注意摘心定头，否则枝条生长过高，除了易倒之外还影响到外观的形状，降低了观赏价值。

繁殖方法 FAN ZHI FANG FA

一品红繁殖以扦插为主。用老枝、嫩枝均可扦插，但枝条过嫩则难以成活。一般多在2～3月间，选择健壮的一年生枝条，修剪成长8～12厘米枝条作插穗。为了避免乳汁流出，剪后立即浸入水中或沾草木灰，待插穗稍晾干后即可插入排水良好的土壤中或粗沙中，地面留2～3个芽，保持湿润并稍遮阳。在18℃～25℃左右温度下2～3周可生根，再经约两周可上盆种植或移植。

病虫害防治 BING CHONG HAI FANG ZHI

一品红的病害主要有褐斑病、灰霉病、溃疡病、病毒病等。以褐斑病、溃疡病、病毒病危害较严重，治疗时需对症下药。

一品红花事问答

一品红的生物特性有哪些？

一品红的生长适温为18℃～25℃，4～9月为18℃～24℃，9月至翌年4月为13℃～16℃。冬季温度不低于10℃，否则会引起苞片泛蓝，基部叶片易变黄脱落，形成“脱脚”现象。当春季气温回升时，从茎干上能继续萌芽抽出枝条。

一品红对水分的反应比较敏感，生长期只要水分供应充足，茎叶生长迅速，有时会出现节间伸长、叶片狭窄的徒长现象。相反，盆土水分缺乏或者时干时湿，会引起叶黄脱落。因此，水分的控制直接关系到一品红的生长和发育。

一品红为短日照植物。在茎叶生长期需充足阳光，促使茎叶生长迅速繁茂。要使苞片提前变红，将每天光照控制在12小时以内，促使花芽分化。如每天光照9小时，5周后苞片即可转红。

如何对一品红进行修剪？

一品红植株生长较快，须行修剪整形。一般在基部留3～5节，其余剪去，以促其抽发分枝，待分枝长15厘米时也可再行修剪一次。修剪至立秋前后结束，然后可进行整形、拿弯造型。拿弯一般在枝条上至18厘米左右时开始，每次拿弯前两天就不要浇水，使其枝条略萎蔫，这样不易折断。操作时间在上午10时至下午4时进行，因为这段时间枝条柔软，容易弯曲。拿弯时，用细绳把枝条拉成弓形，并予以固定。可按不同的方向隔一段时间拿弯一次，把枝条扭绑成左右盘旋的螺旋状，使植株变矮。最后一次拿弯应在开花前20天左右。拿弯造型时注意强枝应放在周围、弱枝应放在中间，强枝向下弯曲程度要大些，同时要防止折断枝条，以免造成“死弯”。通过拿弯造型可使植株枝叶分布均匀，高矮一致，开花整齐，整个株形丰满美观。此外，用生长矮壮素B9、CCC进行叶面处理或土壤浇灌，也可以达到缩短节间、矮化株形的目的。

银叶菊

yin ye ju

别 名 雪叶菊

科 属 菊科矢车菊属

花 语 纯洁的情谊

实际应用 SHI JI YING YONG

植株多分枝，高度一般在50～80厘米，正反面均被银白色柔毛，头状花序单生枝顶，花小、黄色，花期6～9月，种子7月开始陆续成熟。其银白色的叶片远看像一片白云，与其他色彩的纯色花卉配置栽植，效果极佳，是重要的花坛观叶植物。

产地及习性 CHAN DI JI XI XING

银叶菊原产南欧。较耐寒，在长江流域能露地越冬。不耐酷暑，高温高湿时易死亡。喜凉爽湿润、阳光充足的气候和疏松肥沃的沙质壤土或富含有机质的黏质壤土。

栽培管理 ZAI PEI GUAN LI

银叶菊一般在翌年开春后上盆，盆土以堆肥土：腐熟木屑以3：1的比例混合而成，上盆深度为略过原土坨。为增加分枝，上盆前后可摘心一次。上盆后的浇水应把握“见干见湿”的原则，即两次浇水之间必须有一个盆土变干的过程，干的程度以土表发白为准。银叶菊有较强的耐旱能力，所以冬季从控制株高、提高抗寒性、降低湿度预防病害等考虑，浇水总体上要适度偏干。

银叶菊苗期可耐零下5℃低温，南方地区

可露地或单层大棚栽培，长江中下游地区可单层棚或双层棚栽培，北方-10℃以下地区如在大棚内栽培，应有三层的保温覆盖为宜。盆花初次进棚或棚架覆膜应在秋冬最低气温降至0℃前进行。要控制地温，不能太高也不能太低，否则导致银叶菊生长较慢，生育期延长，栽培成本加大。

银叶菊作花坛布置及镶边栽培时，应摘心一次。盆栽的生长期间可通过摘心控制其高度和增大植株蓬径。优质盆花的株形和长相是：矮壮丰满，叶片舒展、厚实，分枝多而健壮、紧凑，叶色银白美观。应注意适当稀播、及时分苗、及时上盆、及时拉盆。作组合盆栽栽培时可不摘心。

繁殖方法 FAN ZHI FANG FA

银叶菊常用种子繁殖。一般在8月底9月初播于露地苗床，约半个月左右出芽整齐，苗期生长缓慢。待长有4片真叶时上5寸盆或移植大田，翌年开春后再定植上盆。生长期间可通过摘心控制其高度和增大植株蓬径。银叶菊为喜肥型植物，上盆一两个星期后，应施稀薄粪肥或用0.1%的尿素和磷酸二氢钾喷洒叶面，以后每星期需施一次肥。

银叶菊也可用扦插繁殖。剪取10厘米左右的嫩梢，去除基部的两片叶子，在250倍的矢达生根营养液中浸泡30分钟左右，插入珍珠岩与蛭石混合的扦插池中，进行全光照喷雾，约20天左右形成良好根系。需注意的是，在高温高湿时扦插不易成活。通过比较发现，扦插苗长势不如籽播苗，蓬径不大，植株较矮。

病虫害防治 BING CHONG HAI FANG ZHI

病害在通风不良、高温高湿的条件下，其叶片易感染叶斑病，导致叶片出现大小不等的褐色斑块，严重影响其观赏效果。防治方法：发现少量病叶，及时摘去烧毁，发病初期，用65%的代森锌可湿性粉剂500倍液，或70%的甲基托布津可湿性粉剂800倍液，交替喷洒，每10天一次，连续2～3次。

银叶菊花事问答

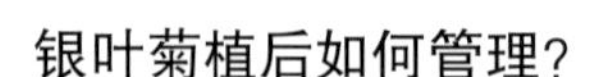

银叶菊植后如何管理?

浇水与施肥：上盆后的浇水应把握“见干见湿”的原则，即两次浇水之间必须有一个盆土变干的过程，干的程度以土表发白为准。银叶菊有较强的耐旱能力，所以冬季从控制株高、提高抗寒性、降低湿度、预防病害等考虑，保护地栽培条件下银叶菊的浇水总体上要适度偏干。但应注意：①干、湿不是绝对的，应把握“度”。湿而不烂，干而不燥。②应看具体情况。在旺长期应保证充足的肥水供应，但如表现有徒长趋势时，则应适当控水控肥。银叶菊较喜肥，上盆两个星期后，每10天左右施肥一次，以氮肥为主，冬季间施1～2次磷钾肥。肥料用尿素和45%三元复合肥，浓度1‰～1.5‰（前期稍淡，旺长期稍浓），或用0.1%的尿素和磷酸二氢钾喷洒叶面，由于银叶菊是观叶花卉，成株的浇水施肥注意不要沾污叶片，尽量点浇，勿施浓肥。

冬季管理：银叶菊苗期可耐-5℃低温，商品盆花栽培，南方地区可露地或单层大棚栽培，长江中下游地区可单层棚或双层棚栽培，北方-10℃以下地区如在大棚内栽培，应有三层的保温覆盖为宜。盆花初次进棚或棚架覆膜应在秋冬最低气温降至0℃前进行。

植株调整：作花坛布置及镶边栽培时，摘心一次。盆栽的生长期间可通过摘心控制其高度和增大植株蓬径。优质盆花的株形和长相是：矮壮丰满，叶片舒展、厚实，分枝多而健壮、紧凑，叶色银白美观。应注意适当稀播、及时分苗、及时上盆、及时拉盆，作组合盆栽栽培时可不摘心。

石莲花

Shi lian hua

别名 宝石花、石莲掌

科属 景天科石莲花属

花语 勤劳的管家

实际应用 SHI JI YING YONG

石莲花因莲座状叶盘酷似一朵盛开的莲花而得名，被誉为“永不凋谢的花朵”。石莲花品种繁多，形态独特，很适合家庭栽培。置于桌案、几架、窗台、阳台等处，充满趣味，如同有生命的工艺品，是近年来较流行的小型多肉植物之一。

产地及习性 CHAN DI JI XI XING

原产于墨西哥，现世界各地均栽培。喜温暖干燥和阳光充足的环境，不耐寒、耐半阴，怕积水，忌烈日。以肥沃、排水良好的沙壤土为宜。冬季温度不低于10℃。长期放阴蔽处的植株易徒长而叶片稀疏。长江以南可露天栽培。

栽培管理 ZAI PEI GUAN LI

石莲花管理简单，每年早春换盆，清理萎缩的枯叶和过多的子株。盆栽土以排水好的泥炭土或腐叶土加粗沙。生长期以干燥环境为好，不需多浇水。盆土过湿，茎叶易徒长，反而观赏期缩短。特别冬季在低温条件下，水分过多根部易腐烂，变成无根植株。盛夏高温时，也不宜多浇水，可少些喷水，切忌阵雨冲淋。生长期每月施肥一次，以保持叶片青翠碧绿。但施肥过多，也会引起茎叶徒长，2~3年生以上的石莲花，植株趋向老化，应培育新苗及时更新。

繁殖方法 FAN ZHI FANG FA

常用扦插繁殖，于春、夏进行。茎插、叶插均可。叶插时将完整的成熟叶片平铺在湿润的沙土上，叶面朝上，叶背朝下，不必覆土，放置阴凉处，10天左右从叶片基部可长出小叶丛及新根。

病虫害防治 BING CHONG HAI FANG ZHI

常有锈病、叶斑病和根结线虫危害，可用75%百菌清可湿性粉剂800倍液喷洒防治，根结线虫用3%呋喃丹颗粒剂防治，有黑象甲危害，用25%西维因可湿性粉剂500倍液喷杀。

石莲花花事问答

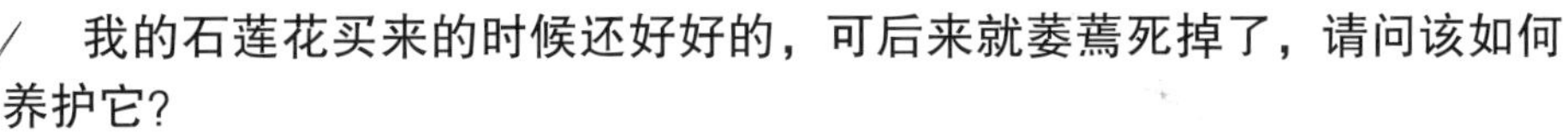

我的石莲花买来的时候还好好的，可后来就萎蔫死掉了，请问该如何养护它?

石莲花喜阳光充足、温暖干燥的环境，耐干旱。栽培中，空气湿度可稍大些，但土壤不宜积水，否则会发生烂根。夏季高温时植株生长缓慢或完全停滞，可放在通风良好处养护，避免烈日暴晒，节制浇水、施肥。

春、秋是石莲花属植物的主要生长期，需要充足的光照，否则会造成植株徒长，株形松散，叶片变薄，叶色黯淡，叶面白粉减少。浇水掌握“不干不浇，浇则浇透”的原则，避免盆土积水，空气干燥时可向植株周围洒水，但叶面，特别是叶丛中心不宜积水，否则会造成烂心，尤其要注意避免长期雨淋。

生长季节每20天左右施一次腐熟的稀薄液肥或低氮高磷钾的复合肥，施肥时不要将肥水溅到叶片上。施肥一般在天气晴朗的早上或傍晚进行，当天的傍晚或第二天早上浇一次透水，以冲淡土壤中残留的肥液。冬季放在室内阳光充足的地方，倘若夜间最低温度在10℃左右，并有一定的昼夜温差，可适当浇水，酌情施肥，使植株继续生长。如果保持不了这么高的温度，应控制浇水，维持盆土干燥，停止施肥，使植株休眠，也能耐5℃的低温，某些品种甚至能耐0℃的低温。

1~2年翻盆一次，多在春季或秋季进行，盆土宜用疏松肥沃、具有良好透气性的沙质土壤。可用腐叶土3份、河沙3份、园土1份、炉渣1份混合配制，并掺入少量的骨粉等钙质材料。翻盆时剪去烂根，剪短过长老根，以促发健壮的新根。还可在盆面铺一层石子或沙砾，既可提高观赏性，又可防止浇水、施肥时肥水溅到叶片上，影响观赏。

图书在版编目（CIP）数据

流行花草／王巍主编.—长沙：湖南科学技术出版社，2010
（家庭养花实用图解系列）
ISBN 978-7-5357-5824-8

I. 流… Ⅱ.王… Ⅲ.观赏园艺—图解 Ⅳ.S68-64

中国版本图书馆CIP数据核字（2009）第147593号

读者如有不明之处或需邮购，请电话联系。
地　址：长沙市车站北路70号万象企业公馆1808
网　址：http://www.yhcul.com
长沙市越华文化传播有限公司　邮编：410001
电　话：0731-84444800

家庭养花实用图解系列

流行花草

策　　划：越华文化
主　　编：王　巍
责任编辑：王　燕
编　　委：张　苗　陆　林
摄　　影：杨　昊
出版发行：湖南科学技术出版社
社　　址：长沙市湘雅路276号
http://www.hnstp.com
邮购联系：本社直销科　0731-84375808
版式设计：嘉伟文化 JARL.V CULTURE
印　　刷：长沙湘诚印刷有限公司
（印装质量问题请直接与本厂联系）
厂　　址：长沙市开福区伍家岭新码头95号
版　　次：2010年第1版
2010年第1次印刷
开　　本：787mm×1092mm　1/16
印　　张：6
书　　号：ISBN 978-7-5357-5824-8
定　　价：25.00元